目次

人質カノン

人質カノン

1

一万円札や五千円札は、どのくらいの重さのものなのだろうか。一グラム——いや、そんなにないだろう。五百ミリグラム？　あんな薄い紙なんだから、もっと軽いかな。

駅の階段を下りながら、しきりとそんなことを考えていた。今夜使ったお金は、トータルすると何グラムになるだろう？

酔っているので、頭がうまくまわらない。階段を下りきったところで、強い木枯らしにあおられてたたらを踏み、駅舎の壁に背中をぶつけてしまった。

（遠山逸子さん、今日はダウンであります……）

自分で自分に呟いて、へへへと笑った。よいしょと身体を起こし、アパートの方向へと足を向ける。

駅から歩いて十五分の道のりが、今夜はとりわけ遠く感じられた。

　総務課の女の子だけで早めの忘年会を開くのは、毎年の習慣だった。今年は川田聡美と、入社一年目の女の子ふたりが幹事になり、手配を整えてくれて、ようやく本日の大パーティ開催の運びとなったという次第だ。

　それでも、高い会費の割には、あまり面白くはなかった。みんな同じように感じていたのじゃないかと思う。お互いの顔に、アイラインよりもはっきりと、そう書いてあった。逸子も、だから飲み過ぎてしまったのだろう。

　駅から逸子の暮らすアパートにたどりつくまでに、四つの角を曲がらねばならない。ひとつ目は、午後九時で閉まってしまう弁当屋の角。ふたつ目は、夜遅くまでシャッターの向こう側で動力音をたてていることの多いオートガレージ店の角。でも、この店も外の看板の明かりは早くに消してしまうので、したがってこの道筋に人気はなく、あたりを照らすものといえば街灯の明かりばかりだ。

　夜道を歩くことは、それほど怖くない。これまでにも、危ない思いなどしたことはなかった。それはこの町が、古くから住み着いている人たちの多いところで、逸子もその　ひとりである賃貸アパート族やマンション族の比率が低いからだろう。余所者が入り込みにくい町は、それだけ治安もいいのだ。

　だが、反面、この町には年寄りが多い。地着きの住人が多いのだから、これは当然だ。それで面白いことがあったのを、逸子は思い出した。もう二ヵ月ほど前のことになる。

やっぱり終電車で帰ってきて、ちょうどこのあたりにさしかかったとき、白いエプロンをかけた小柄なおばさんが駆け寄ってきて、息をきらしながら、このあたりでおじいさんを見かけなかったかと声をかけてきたのだ。

「うちのお義父さんなんだけど、ボケててね。夜中でもなんでも、すぐにふらふら出歩くんですよ」

おばさんは困り果てているようだったが、逸子はそんなおじいさんなど見かけなかったので、そのように答えた。おばさんは礼を言って、駅のほうに駆けていった。

それから数日後、スーパーに買い物に行ったとき、偶然、またそのおばさんを見かけた。腰の曲がった小さなおじいさんの手をひいて、菓子売場でチョコレートを買っていた。おじいさんは、おばさんとつないでいないほうの手に、赤い玩具のラッパを握っていた。ときどき、それをプップと吹いた。まるっきり、子供に戻っていた。

（徘徊老人の世話は、大変だなぁ……）

故郷にいる両親のことをちらりと頭に思い浮かべて、逸子は少し、暗い気持ちになったものだった。

みっつ目の角を曲がると、小さな商店街に出る。午前一時というこの時刻では、大半の店が閉まっているが、ただここには、街灯のほかに、煙草や清涼飲料の自動販売機の明かりと、もうひとつ、逸子の前方を明るく照らす光源があった。二十四時間営業のコ

ンビニエンス・ストアである。しいんと静まりかえった暗い町並みのなかに、看板が明るく輝き、総ガラス張りの店舗のなかに、人の動きが見える。黄色い上っ張りを着た店員の後姿と、ほかにも客が二、三人。

『QアンドA』という冗談みたいな店名を持つこのチェーン・ストアは、業界のなかでも弱小なのだろう。営業している店舗を、ほかの町では見かけたことがない。

逸子の町にあるこの店も、だいぶ苦戦をしているようだ。お客は入っているけれど、あちらにある『セブン‐イレブン』、こちらにある『ミニストップ』に比べると、やはりお寒い感じは否めない。

それでも、『QアンドA』の明かりが近づいてくるにつれて、そこへ立ち寄っていきたい気分になってきた。今夜に限らず、飲み会やコンパがあったときは、帰り道で必ず『QアンドA』に寄ってしまう。大勢でワイワイ騒いだあと、アパートに帰り着くころになると小腹が空いてくるという、タイミングの問題もあるのだろうし、どんなに不満足なコンビニであっても、それが通り道にある限りは、逸子は地の利に惹きつけられてしまうということなのだろう。

自動ドアは、がああという音をたてて開いた。

「いらっしゃいませ」

レジの店員は、素早く声をかけてきた。アルバイト学生なのだろう。若い店員で、こ

の店では新顔だった。ここで働くようになって、まだ半月足らずだろう。

店員は熱心に伝票を揃えている。逸子は買い物カゴは、店員の制服と同じく真っ黄色だ。それも頬も温かくなってきた。店内の買い物カゴは、店員の制服と同じく真っ黄色だ。それを手にとって、ショルダーバッグを肩の上にずりあげながら歩き始める。入口の右手には雑誌の棚があり、左手にはシャンプーだの洗剤だの、日用品が並んでいる。逸子はトイレットペーパーが残り少なくなっていたのを思い出し、棚の上のほうから四個入りのパックを取った。スーパーへ行くと、トイレットペーパーや洗濯洗剤などは、安売りに

なっているものしか買わないのに、ストックがなくなりかけているときにコンビニで目につくと、どういうわけか、なんの考えもなくひょいとカゴに入れてしまうのが、我ながらおかしい。

店の奥の冷凍食品のガラスケースのところまで行くと、反対側の角のところに、濃い灰色の背広の上下を着て、腕にコートをかけた男性がひとり、まるでこれからここで家を一軒購入するのだと言わんばかりの真剣さで、スナック菓子の棚を睨んでいるのを見つけた。小太りで髪は半白。逸子の勤める会社にも、こういう中間管理職はたくさんいる。顔が真っ赤で、眠そうに目をしばしばさせている。酔って帰る途中なのだろう。あれほど真顔になる必要はあるまい。あれは酔っぱらい特有のしつこさで、頭のなかではたぶん、「わさびビーフ味」や「北海道バター味」相手

ポテトチップを選ぶのに、あれほど真顔になる必要はあるまい。あれは酔っぱらい特有のしつこさで、頭のなかではたぶん、「わさびビーフ味」や「北海道バター味」相手

にネチネチ因縁をつけているところなのだ。

通路は狭い。うっかり袖などふれあって、あの完全に据わってしまっている赤目で振り向かれたりしたら面倒だ。おじさんが背中を向けている冷蔵ケースのなかには、逸子の欲しい牛乳が入っているのだけれど、今はちょっと、まずいようだ。逸子は慎重に身体の向きを変え、酔っぱらいおじさんと視線があわないように気をつけて、すぐ隣の通路へと折り返し、レジのほうに戻っていった。

ちょうどそのとき、自動ドアの開く耳障りな音がした。逸子は頭をあげてみた。店員が「いらっしゃいませ」と声をかける。

そこには、逸子の肩ぐらいの背の高さの少年がひとりいた。中学一年か、せいぜい二年生ぐらいだろう。ひょろりとしていて線が細く、大きな黒縁の眼鏡をかけている。少年は店内の相客には目をやらず、雑誌の棚をさっと流し見ただけで、すぐにレジの右手のほうへと歩き始めた。そこにはサンドイッチや弁当を並べた棚がある。

逸子は微笑した。

この子とは、よく遭遇する。今夜でもう五、六回目になるだろう。もちろん名前も知らないが、馴染みの顔だ。コンビニでは、こういうことはよくある。ほかにも数人、よく顔を見かける常連客がいる。

眼鏡くん、どうやら、深夜も勉強する中学生が、「ママが夜食をつくってくれないの

で自分で買いに来ました」の図であるらしい。

眼鏡くんはサンドイッチの棚を検分している。逸子は一度レジの前を通過し、プリンやゼリーの入れてある手前のチルドケースのところで立ち止まった。棚はほとんどがら空きで、生クリームが固まってしまっているみたいに見える「プリンアラモード」なる代物が、ふたつ残されているだけだ。

逸子がプリンにため息をついているあいだに、眼鏡くんはサンドイッチを選んで、スタスタと奥のほうへ歩いていってしまった。例の赤目の中間管理職が頑張っているあたりだ。逸子も牛乳を取りにそちらへ行きたかったのだけれど、おじさんのそばには寄りたくない。どうかしらと思いつつ、偶然ながら実験台になった眼鏡くんの様子を見ていると、彼は牛乳の並んでいる冷蔵ケースに近寄り、ドアを開けようとした。手前には、まだ中間管理職がどんと突っ立っている。眼鏡くんの開けた扉が中間管理職の背中にぶつかりそうになる。

「あの、スミマセン」と、眼鏡くんは中間管理職に声をかけた。　黙ったままドアをぐいぐい開けないところ、ちゃんと躾られているというべきだろうが、しかし相手が悪い。

　だが、中間管理職は少年のほうを振り向きもしなかった。　姿勢も変えず、目も据えたまま、物のようにずいと横に移動した。眼鏡くんの目的の扉は開いた。彼は牛乳の小さ

なパックを取り出した。

逸子は迷った。急いで行けば、眼鏡くんが扉を閉めないうちに、逸子も牛乳パックを取ることができる。でも、今のあの中間管理職の反応は、やはり度のすぎた飲酒に正気を失っている人のそれである。

（ダメだ。あのおじさん、芯まで火が通っちゃってる）

逸子は判断した。眼鏡くんがからまれなかったのは幸いだけど、おじさん、いつ激発するか知れたものじゃない。やっぱり、今夜は牛乳は諦めよう——

そう決めて、逸子が踵を返しかけたときだった。出入口の自動ドアが、またぞろがあと音をたてた。それに半秒遅れて、レジのほうで「わ！」と声があがった。

逸子は振り向いた。店員の黄色い上っ張りが目に飛び込んできた。ついで、出入口に立ちふさがる、真っ黒な人影も。

フルフェイスのヘルメットをかぶり、黒い革ジャンを着込んだ男がひとり——男だろう、たぶん——店員に向かって右腕を突き出している。それだけなら怖くもない。問題は、その右手の先に、拳銃みたいなものが握りしめられていることだった。

2

「フルフェイスのヘルメットをかぶってのご入店はご遠慮ください」

自動ドアの脇には、たしかそういう掲示がかかげられていたはずだった。手書きでなく、プラスチックのパネルに印刷されたものだ。どの町のどのコンビニの出入口にも、似たようなパネルが掲示されている。むろん、防犯上の理由からだ。

一秒ぐらいのあいだに、逸子の頭のなかを、その掲示の文面が何度かよぎった。バカみたいにそればかり考えた。すると、自動ドアの前に立ちはだかった黒ずくめの男が、ヘルメットごしにくぐもった声で、「動くな」と言った。

誰も動いてない。少なくとも、店員と逸子は。まだ命じられてもいないのに、店員は両手を開いて肩の上にあげている。逸子は買い物カゴをさげたまま突っ立っていた。強盗の手のなかの拳銃は、灰色で、つるりとしていて、クロムメッキの玩具みたいに見えた。銃身がとても短く、ずんぐりしている。本物かどうかわからないけれど、それを確かめる方法を、逸子は知らない。目に見えるのは、薄い灰色の手袋をはめた強盗の右手の指が、しっかりと引き金にかかっていること、それだけだ。

あのおじさんと眼鏡くん——と、逸子は思った。彼らは奥の冷蔵ケースの前にいる。

冷蔵ケースの脇には、店の奥に通じるドアがある。そこから店員が出入りするのを、何度も見かけたことがある。彼らの反応が早ければ、そこから逃げ出すことができるはずだ。

が、強盗犯もそんなことなど承知していた。彼は、店員に狙いをつけた拳銃はそのままに、ヘルメットをかぶった頭を素早く動かして、店内の天井にとりつけられているカーブミラーみたいな鏡に目をやった——そのように見えた。とにかく、顔が全然見えないのだから、推測するしかない。

つられて、逸子も鏡を見あげた。そこには、眼鏡くんと酔っぱらい中間管理職が、鏡の凸面の上に小さくひしゃげて映っていた。

「おい！」

強盗犯は鏡から目を離すと、店の奥に向かって大声をあげた。

「そこのふたり、こっちへ出てこい！　出てこないと撃つぞ！」

ヘルメットのせいで、ひどく聞きとりにくい、こもったような声になっている。だがそれでも、彼が「撃つ」と言っているのは店員の頭であり、奥のふたりではないということはわかる。

逸子はじっと見つめていたが、鏡のなかのふたり——というより、正気である眼鏡くんのほうは、何がなんだかわからないという様子で立ちすくんでいるだけだ。誰が？　どこから？　どうやって僕を撃つの？

（逃げなさい、逃げなさい）

逸子は心のなかで眼鏡くんに呼びかけた。

（あんたはドアのそばにいるんだから、飛び出しちゃえばこっちのものよ！）

そして一一〇番してよ！

「お客さん」両手をあげて首を縮めたまま、店員が震え声を出した。「言われたとおり

にしてくださぁい。銃をつきつけられてるんです」

逸子は心のなかで目をむいた。どこの世界に、自分で自分の退路を断つバカがいる。そうすれ

ば、あたしたちだって——

酔っぱらいはともかく、余計なことを言わなければあの子は逃げられたのだ。そうすれ

「お客さぁぁん」店員は繰り返す。「お願いしますぅ」

天井の鏡のなかで、眼鏡くんが動き出した。こっちへやってくる。すぐに、逸子のす

ぐ後にまできた。振り向くことができないので顔は見えないが、眼鏡くんが逸子の背後

で、あっと声を呑んだのが感じられた。

「わかったかよ」と、強盗は凄んだ——らしい。ヘルメットが邪魔をして、声がこもっ

てしまうのだ。

眼鏡くんにショックを与えたのは、強盗の姿よりも、こめかみの近くに拳銃を突きつ

けられ、首を縮めて震えている店員の格好のほうだったようだ。その証拠に、眼鏡くん

は店員に向かい、「大丈夫ですか?」と声をかけた。 店員は答えなかった。 まあ、これは当たり前かもしれない。

「奥にもうひとりいるだろう」と、強盗が言った。

なるほど、天井の鏡のなかには、まだポテトチップと対峙したままの中間管理職が映っている。 逸子は思い切って息を吸い込むと、口を開いた。

「あの人、酔っぱらいよ」と、強盗に言った。

「動きゃしないわよ。 今の状況だってわかってるかどうか」

強盗がどんな顔をしたのかはわからない。 そのかわり、店員がぎゅっと目をつぶった。 逸子の抗弁に腹を立てた強盗に撃たれると思ったのだろう。

「おまえ、連れてこい」と、強盗は眼鏡くんのほうに顎を——正確にはヘルメットを——しゃくった。 眼鏡くんはすぐには動き出さなかった。 どうしているのかと思ったら、手に持っていたサンドイッチと牛乳パックを、そばの棚の上に置いているのだった。

それから、奥へ向かった。「おじさん」と、呼びかける声がする。「レジのほうにきてください。 強盗なんです」

初めて、酔っぱらい中間管理職が音声を発した。「なに?」

「強盗です」 眼鏡くんの声もちょっと震えていた。「お店の人が危ないんです」

逸子は天井の鏡を見ていた。 中間管理職はじっと眼鏡くんを見つめたかと思うと、彼

を押しのけるようにしてこちらに歩き出した。すぐに、逸子のそばで強烈な酒の匂いがしたかと思うと、灰色の背広が傍らをすり抜け、レジのカウンターの前に、彼が姿を現わした。

「強盗か」と、中間管理職は言った。

「言われたとおりにしてください」と、店員が泣き声を出す。「僕、殺されます」

逸子の横で、中間管理職の赤い目がどろんと動いた。彼は拳銃を見た。

「こんなもん、本物かどうかわからん」

そう言うなり、中間管理職はずかずかと強盗に近づいた。逸子は心臓が身体のいちばん奥に走って避難するのを感じた。後に血管の束を引きずりながら、できる限りの早さで。全身からさあっと血の気が引いていく。

強盗の反応は早かった。拳銃を持つ手が動いた。それは店員のこめかみからはずれた。逸子は強盗が中間管理職を撃つと思った。が、拳銃は天井を、あの鏡のほうを向いた。逸子は反射的に鏡を見あげた。灰色のメタルカラーが、凸面鏡の上で一瞬躍った。次の瞬間には、派手な破裂音がして、鏡は木っ端微塵に砕け散った。まるで、鏡のなかにもう一丁銃があって、それが内側から鏡を撃ち抜いたみたいに、逸子には見えた。

落ちてくる破片を避けるために、逸子は手で顔を覆って頭を伏せた。とっさに、続けて撃たれる──と思ったが、銃声は一発だけだった。

逸子が顔をあげて視線を戻すと、強盗は、さっきとほとんど変わらない体勢で、店員の頭に狙いをつけていた。変わっていることと言ったら、店員の顔が紙みたいに白くなり、両手がさっきよりもさらに高くあげられていることだけだ。

「わかったな」と、強盗は言った。中間管理職は強盗のすぐそばまで近づいていたが、じわり、じわりとあとずさりを始めた。逸子はそっと横に移動して、彼の肘をとって引き寄せた。それが相手の安全を思っての行動なのか、とにかく誰かの腕にすがりたいというだけのことなのか、判然としないまま。

「おまえら、動くなよ」と、強盗は逸子たち三人の客に言った。それから店員のほうにヘルメットの正面を向けると、命じた。

「ドアに鍵をかけろ」

銃は店員の頭につきつけられたままだ。店員はがくがくと動き出し、カウンターの下を探って鍵束を取り出すと、またがくがくと歩いてレジを出て、自動ドアのほうに向かった。

そのあいだも、銃はぴたりと彼のこめかみを狙っている。

「おまえたちがおかしなことをすると、こいつの頭がふっ飛ぶんだからな」

強盗に念を押されるまでもなく、逸子たちにもそれはわかった。三人とも、身動きすることができない。店員みたいに手をあげることさえも。銃で狙われるのも怖いだろう

けれど、狙われている人の命がこっちの一挙手一投足にかかっているというのも、倍付けの怖さがある。とてもじゃないけど、何か投げつけて気をそらすとか、そっと後ずさりして奥のドアから逃げようとか、考えることはできない。

店員は自動ドアに鍵をかけた。強盗は、抜かりなく店員の背後にまわり、もしも外から見ている人がいても、まともに拳銃が目に入らないように、肘を曲げて腕を下げていた。

誰か来てくれないかと、逸子は思った。今、この瞬間に新しい客が。

でも、もし実際にそうなったとき、それがこの事態を好くするとは思えないところもある。新しい客が撃たれるか、店員が撃たれるか。それとも逸子たち全員が撃たれるか。あるいは、強盗が逸子たちを盾にしてここにたてこもるか――

現状維持のほうが、まだましかもしれない。

店員は鍵をかけている。ドアの上に一ヵ所。下に一ヵ所。中央にも一ヵ所。二十四時間営業で年中無休のこの店のドアにも、三ヵ所も鍵があったのだ。どんな場合を想定してつけたのかしら？

強盗が逸子たちに、半身の姿勢とはいえ、背中を見せたのはこれが初めてだった。革ジャンの裾がひどくすり切れていることに、逸子は気づいた。カーキ色の綿のパンツで、こちらもかそれにもうひとつ。彼のはいているズボンだ。

なりくたびれている。それだけならなんということもないが、左側の尻ポケットが、ひ

どく不格好に大きくふくらんでいた。何か突っ込んであるらしい。

店員が鍵をこっちによこせと、強盗は言った。

「鍵束をこっちによこせ」

店員は前を向いたまま、頭を動かさず、手だけうしろにやって鍵束を渡した。左手で

受け取ると、強盗は、そのままそれをズボンの尻ポケットに突っ込もうとした。が、そ

こには妙にかさばったものが入っている。鍵束も、それを突っ込もうとする強盗の手も、

ポケットのなかに入らない。手袋も邪魔になっている。

銃を突きつけている右手を動かすことができないので、これは強盗にとっても苛立た

しいことだろう。逸子は息を詰めて見守った。と、強盗は、鍵束をつかんだ左手の指先

で、尻ポケットのなかのかさばったものを引っぱり出すと、それを床に捨てた。そして

鍵束をしまいこんだ。

床に捨てられたものは、コロンコロンと音をたてて転がった。

逸子は目を疑った。すぐ後で、眼鏡くんが身じろぎするのを感じた。中間管理職が目

をしばたたかせた。

強盗の尻ポケットから登場し、床に落とされたのは、ガラガラだったのだ。赤ちゃん

の玩具である、あのガラガラだ。

大きさは、縦が十センチくらいだろうか。ガラガラとしては小さいものだ。円筒形の筒に、三センチくらいの柄がついている。ごく小さな赤ん坊向けのものだろう。全体に淡い黄色だ。

なんでまた、こんなものを持っているのだ、この強盗は。

（強盗さん、ガラガラが落ちましたよ）

言えるわけがない。また、知らないうちに落ちたのではなく、彼が落としたのだ。知らせてやる必要もない。

あやうく、逸子は笑いだしそうになった。こらえることができたのは、そのときちょっと足が動いてしまい、床の上の鏡の破片を踏みしめて、びしりと音がしたからだった。いくらほかにおかしなものを携帯していようとも、強盗が持っている拳銃だけは本物だ。それを忘れちゃいけない。

作業を終えると、強盗は再び空いた左手で店員の制服の襟をつかんだ。

「後にさがれ」

これも、外から見えにくくするためだろう。

それから、銃を持った手で店員の頭を狙いながら、今度は逸子たちに命令した。

「おまえたち、カウンターの内側に入れ。入ったら、床に寝そべって頭の上で手を組むんだ。早くやれ」

逸子たちをこづくかわりに、強盗は拳銃で店員の頭をつづいた。それで充分だった。

「おかしな真似をするなよ」

逸子は言った。「買い物カゴを床におろしてもいい?」

「足元に置けよ」

逸子は言われたとおりにした。眼鏡くんはもう手ぶらだ。中間管理職は最初から何も持ってない。逸子は彼らの顔を見つめ、先にたって歩き出した。

足元で、割れた鏡がザクザクと音をたてた。ローファーを履いていてよかったと、逸子はちらっと思った。お気に入りのパンプスでなくてよかった。あれを履いてこんなところを歩いたら、踵が傷だらけになってしまう──

怖いくせに、膝が震えているくせに、どうしてこんなことを考えるのだろう。

逸子の次に、眼鏡くんが続いた。中間管理職は、まだ赤い顔をしていた。ふらついている。どういう衝撃的事態に立ち会っても、大量のアルコールは、そう簡単に抜けてゆかないのだろう。

逸子たちが床に寝そべろうとすると、強盗が待ったをかけた。

「その前に靴を脱いでカウンターに乗せるんだ。早くしろ」

逸子のローファー、眼鏡くんの底の薄いスニーカー、中間管理職の、全体にくたびれているのに紐だけが新しい革靴が、カウンターの上に並んだ。強盗は店員をこづいた。

「おまえ、靴を持て。全部持つんだぞ」

店員は言われるままに三足の靴を両手で抱えた。眼鏡くんのスニーカーが落ちそうになって、あわてて持ち直す。

逸子はゆっくりと床に伏せた。リノリウムの床には薄黒い汚れが飛び散っていたし、ゴム底の靴の跡がいっぱい残されていたが、汚いなどと言っていられない。

眼鏡くんは、何を思ったか仰向けになろうとする。

「バカね、うつ伏せになるのよ」

逸子が低く声をかけると、眼鏡の奥で目をぱちぱちさせて、腹ばいになった。中間管理職は、突き出たおなかが邪魔になるのか、うつ伏せになるのが苦しげで、ううんと唸った。

「よし、奥の事務所へ案内しろ」

逸子たちがおとなしく頭の後ろに手を乗せるのを見届けて、強盗は店員に命じた。彼らが中央の通路のほうへ移動し始めたことを、彼らの靴が踏みしめる鏡の破片のたてる音で、逸子は知った。

頭の上から声がした。「いいか、忘れるなよ。おまえらがおかしなことをしたとたんに、こいつが死ぬんだ。こいつが死んだら、おまえらの連帯責任だ」

逸子は目をつぶった。

強盗が行ってしまうのを待った。おバカさんの強盗さん。あた

したちはカウンターの内側にいる。ここには電話があるんだからね——

と、強盗が言った。「電話は切るぜ」

続いて、物を引きちぎるような音がした。電話線をひっこ抜いたのだ。

ジャリジャリと、破片を踏みしめるような足音が遠くなってゆく。やがて奥のドアが開く。すぐにそれは、靴が床を踏むキュッキュッという音にかわった。

とたんに、店内の明かりが消えた。奥のオフィスから操作したのだろう。同時に、ずっと店内に聞こえていたBGMも消えた。今の今まで、音楽など耳に入っていなかったのに、それが途切れたとたんに気がついたのだから、おかしなものだ。有線放送なのだろう、最近のポップスのヒット曲だ。切れる直前まで、若い男の声で「愛してる」と連呼していた。それが、何度目かの「あい」で、ぶつりと切れた。

店内は静まりかえった。沈黙や静寂は、コンビニエンス・ストアの商品ではない。だから、この静けさはおさまりが悪かった。店が店でなくなったような感じがした。明かりもついていない、店員もいない、BGMもない二十四時間営業コンビニエンス・ストア。そんなものは存在しちゃいけない。そんなゾンビみたいなものは。

「誰か気がついてくれないかな」

床に顎を乗せて、眼鏡くんが小さな声で言った。ひそめているせいかもしれないけれど、思ったより低い、大人になりかけの声だ。

「無理だと思うわね」と、逸子は囁き返した。「ここ、夜は人通りがないもの」

「看板の電気も消えたかな?」

「たぶんね」

「消えてることを、誰か変に思ってくれないかな?」

「人が通らなかったら、同じよ」

鏡の破片は、少量だけれどカウンターの内側にまで飛び散っていた。頬に当たらないように、逸子は破片をふうっと吹いて遠ざけた。

「縛られてるわけでもないのに、動けないなんてヘンだな」と、眼鏡くんは言う。案外、落ち着いていた。

首をあげて見てみると、中間管理職は床に顔を押しつけて目を閉じていた。気絶しているわけではないだろうから、これも強心臓といえば強心臓だ。酔っぱらいに怖いものなし。

逸子も少し、冷静になってきた。なんといっても、目の前から銃が消えてなくなったというのは大きい。たとえ、あの店員の命が依然として危険にさらされていることに変わりはなくても、それが見えるのと見えないのとでは大きな違いがあるというものだ。

しかし、それでは何か行動を起こそうかと思っても、何もできない。手は封じられてしまっている。

「犯人、アタマいいわよ」と、逸子は眼鏡くんに囁いた。「電話は切る、ドアには鍵をかけて鍵は持っていっちゃう。鏡を撃って床を針山みたいにしておいて、あたしたちには靴を脱がせる、でしょ」

驚いたことに、眼鏡くんは鼻先で笑った。

「靴を脱がせたこととは、『ダイ・ハード』の真似っこだよ」

「そういうシーンがあるの?」

「あるよ。お姉さん、観てないの?」

観てないのである。

「それより、さっきのあれ、何だろうね」と、鼻息で鏡の破片を動かしながら、眼鏡くんは言った。「犯人が、ポケットからおっことしたヤツ」

「赤ちゃんのオモチャよ。ガラガラよ」

「なんであんなもん持ってたんだろう?」

「わからないわ。でも、捨てていったところをみると、そんなに大事なもんじゃないんでしょう」

「だけど、ポケットに入れてあったんだよ? 眼鏡くんは首を持ち上げて言った。「僕には、あれ、わざと落としたみたいに見えた」

そのとき、奥の事務所のほうでがたんと音がした。逸子はびくりとした。眼鏡くんが肘をついて身体を起こしかかったので、逸子はあわてて彼のセーターを引っ張った。

「頭を出しちゃ駄目。撃たれるかもしれない」

「銃は一丁しかないんだよ。僕と店員さんと、両方を狙うことはできないよ」

「いいわよ、物音をたててごらん。強盗がこっちを狙ってるあいだに、店員さんは逃げられるかもしれないわよ。だけど、あんたが撃たれることにかわりはないじゃないの」

眼鏡くんはぺたりと床に伏せた。「言えてるね」

逸子も、眼鏡くんも、しばらく黙った。事務所からも物音は聞こえてこない。中間管理職の息づかいばかりが、ばかに荒く耳をつく。

「おじさん、大丈夫ですか」と、眼鏡くんが声をかけた。

中間管理職は答えない。目も閉じている。

眼鏡くんが腕を動かし、中間管理職の肩をゆさぶった。酔っぱらいの赤い目が開いた。

「私ら、殺されると思うかい?」と、唐突に訊いた。まだろれつが回らない。

「わかんない」と、眼鏡くんが正直に答えた。

「けど、冷静に考えれば、最初に撃たれる人は災難だけど、その場合、あとの三人には逃げるチャンスが出てきます」

「なら、あの店員のことなど放っておいて私らだけ逃げよう」

中間管理職の言葉に、逸子も眼鏡くんも虚をつかれて、言葉をなくした。やっと、逸子は現実的なことを言った。

「どうやって？　自動ドアには鍵がかかってますよ」

「何かでガラスを割ればいい」

「そんなことをしているうちに、犯人があとを追いかけてきて、めったやたらに撃ちまくるかも」と、眼鏡くんが言った。「それに、もしもそうやって僕らだけ助かったとしても、あとで大変なことになっちゃうよ。店員さんが殺されたら、僕らの責任てことになる。僕、ワイドショーに追いかけられるのは嫌だな」

店員を見捨てて逃げる──確かに、それはやっぱり人間としてやってはいけないことだろう。

しかし、痛いところを突かれたはずの中間管理職は、まばたきひとつしなかった。

「私が撃たれりゃいいさ」

逸子は頭をあげ、彼の顔を観察した。外から差し込む街灯の明かりに、ぷっくりした彼の顔の輪郭が浮き上がって見える。中間管理職はふふんと鼻息を吐いた。

「冷静になってください」と、逸子は言った。

「冷静だよ。さっきから、家のローンの残りと、生命保険金のことを考えてたんだ。私が死んだほうが、うちのやつらは生活が楽になるんだ。わたしゃ、死んだほうがましな

んだ」

眼鏡くんが中間管理職の顔をのぞきこんだ。眼鏡が鼻の上でずれた。

「おじさん……」

「今日、辞令が出てね」と、声をひそめもせず、中間管理職は言った。「わたしゃ、出向になったんだ。リストラだよ。三十年も営業をやってきたのに、今になって倉庫番まがいの仕事をさせられるんだ」

それでこんなに酔っぱらっていたわけか。

「三十年だよ」と、中間管理職は繰り返す。

「年末だってのに。忘年会と歓送迎会をいっしょにやれるからいいだろう、だとさ」

「だからって、強盗に撃たれていいってことにはならないと思うけど」

眼鏡くんが小声で反論したが、中間管理職は相手にしなかった。

「子供に何がわかるか」

逸子はふと、考えた。あたしだって、今ここで撃ち殺されたとしても、べつに誰も困るわけじゃないんだわよね——と。

仕事は誰かが引き継いでくれる。どうせ、逸子でないとできない仕事など、ひとつも任されてはいないのだ。少しのあいだは同僚たちも悲しんでくれるだろうけれど、それもどのくらい続くものか……。目立ちたがりの聡美など、被害者の同僚としてマスコミ

の取材を受けることができて、ちょっぴり喜びさえするかもしれない。

故郷の両親は、もちろん、気も狂わんばかりに悲しむだろう。やっぱり、寂しい。「親」しか関わってくれない人生なんて、オプショナル・ツアーのないパック旅行みたいなものだ。

「せめて、もうちょっといい場所で人質にされたかったな」と、思わずため息が出た。

「自由が丘とか下北沢とか。ああいう町のコンビニとか飲み屋とか──」

中間管理職が笑った。「どこで殺されようと、あんたの中身が変わるわけじゃなかろうが、お嬢さん」

ぐさりときた。眼鏡くんが言った。「そんなら、おじさんだって同じじゃない。倉庫にいようが営業にいようが」

中間管理職は押し黙った。しばらくして、「子供が、フン」と、付け足すように呟いた。

どこか店から離れたところで、車のエンジンをかける音がした。発進して、走り去ってゆく。また、静かになった。

「君のご両親、心配しない?」と、逸子は眼鏡くんに訊いた。

「オヤジさんは寝てる」と、眼鏡くんは答えた。「仕事忙しくて、いつもヘロヘロに疲れてるんだ。オフクロさんは、今夜は夜勤」

「お勤めしてるの?」

「うん。看護婦だから」

「君、こんな遅くに出歩いていいの?」

「家は近いからさ。夜食が欲しくなると、よく来るんだよ」

眼鏡くんはちらりと笑うと、逸子の顔を見た。「お姉さんと、よく会うよね」

「そうね。君の顔、覚えちゃってた」

「僕もさ。一人暮らし?」

「そうよ」

「だろうね」眼鏡くんはうなずいた。

やや、気になるニュアンスの言い方だったが、逸子は沈黙していた。

眼鏡くんは、カウンターの向こう側を気にして、さらに頭を低くした。

「全然、動きがないね」

「だけど、犯人はきっと戻ってくるはずよ。レジのお金をとりに」

「そういえばそうだね……」眼鏡くんは考え込む顔になった。「さっき、レジのほうに

は目もくれなかったね」

「だから、あとから取りにくるつもりなのよ」

だが、待っても待っても——「待つ」というのも、この場合は妙だが——犯人も店員

も戻ってこなかった。それから思い切って身体を起こした。逸子は腕時計の針をにらみ、ちょうど一時間待った。おかしいと思い始めてから、逸子は腕時計の針をにらみ、ちょう

床の上に、砕けた鏡が一面に散らばり、それらの破片を光らせているのは、外の街灯の光だけではなかった。事務所に続くドアが開け放されており、そこから皎々と明かりがもれているのだ。

逸子に続いて眼鏡くんも起きあがった。

「様子を——見てみようよ」

中間管理職が起きあがる様子を見せなかったので、ふたりは彼の身体をまたいで、カウンターの外に出た。

逸子は店の右側をまわり、眼鏡くんは左側をまわって、両側から事務所に続くドアにへばりついた。

物音もせず、犯人が動き回っているような気配もない。逸子は喉が乾き、頭がガンガンしてきた。

と、眼鏡くんが声を出し、事務所のほうに向かって呼びかけた。「誰か、いますか?」

しかし、それに応えて銃弾が飛んでくるということはなかった。もごもごというめき声と、椅子の足を鳴らすような不規則な音が聞こえてきただけだ。

逸子と眼鏡くんは、揃って事務所に飛び込んだ。蛍光灯の明かりの下で、あの店員が

　ガムテープで猿ぐつわをされ、梱包用のロープで縛りあげられて、事務机に向かい、椅子にくくりつけられていた。彼の傍らに、開け放たれた金庫がひとつ、ぽかんと口を開いて、逸子たちを笑っていた。

　中間管理職は、近くの交番まで走るという役割を、喜び勇んで引き受けてくれた。実際、逸子がそれを頼み終えないうちに、裏の通用口から飛び出していったくらいだった。

　そのあと、警察が駆けつけるまでのあいだに、逸子と眼鏡くんは、青ざめてまだ震えている店員をあいだにはさみ、加温器のなかから缶コーヒーを出して、破片が落ちていない床に座り込み、そろって黙り込んだまま飲んだ。ただ、パトカーのサイレンが近づいてくる前に、逸子は自動ドアのところに近づき、犯人が落としていったものが、確かにガラガラであるかどうかを確認した。ガラガラだ。淡い黄色のプラスチック製で、オレンジ色のアヒルの絵が描いてある。

　間違いはなかった。

「触っちゃ駄目だよ、警察が調べるまで」

　眼鏡くんに言われて、逸子はそれに触れなかった。音を聞いてみたかったので、そっと爪先でつついた。コロンコロンと、それは鳴った。

事件が公になると、逸子の周辺は大きく波立った。会社の人たちはしきりと電話を

3

してきたり、訪ねてきたりして、逸子の身を気遣う一方、命に別状がなかったからだろ

うけれど、争うようにして「恐怖の体験談」を聞きたがった。それがわずらわしくなっ

て、逸子は、翌日から有給休暇をとった。どのみち、警察に呼び出されれば、会社は休

まなければならないのだから、かまわないと思った。

故郷の両親は、すぐにも上京してくると言い張ったが、逸子はそれをなだめて止めた。

父親は、一年ほど前から身体の具合がよくない。それに、今の逸子は、少しひとりで静

かにしていたかった。両親に会えば、場合が場合だから、そのうち「こっちへ帰ってこ

い」と言われることになるのもわかっていたし。

でも、電話で母の泣き声を耳にしたときは、逸子もちょっぴり泣けた。オプショナ

ル・ツアーがなくても、パック旅行も捨てたものじゃない、やっぱり。

逸子の会った刑事はふたり。どちらも、逸子が密かに──そして聡美が抜かりなく

「ねえ、もしカッコいい刑事だったら紹介してね」と言いつつ期待していたような「ダ

ンマ」ではなく、どちらも会社の上司とおっつかっつのおじさんだった。

　ただし、このおじさんたちは、ふたりとも丁寧で優しく、親切だった。逸子に対して
は、の話だが。ほかの三人に対してはどうだったかわからないのだ。事情聴取は別々に
されたし、刑事たちは、しばらくのあいだ、逸子たち四人の事件関係者が相互に連絡を
とったり話し合ったりすることを控えて欲しいと言ってきたからだ。

「記憶に混乱が起こるといけませんからね。いや、むしろ、その混乱を下手に修正され
ることが困るんです」

　逸子は自分の身に起こったことと、そのとき感じたことや見聞きしたことを正直に話
し、それはほとんどそのまま受け入れられて調書になった。反対に、刑事たちは事件に
ついて、あまり詳しいことを教えてはくれなかった。強奪されたのが、金庫のなかの現
金五百万円だということも、新聞で読んだ時だ。

　案の定といおうか、あの『QアンドA』も経営状態が思わしくなく、オーナーは土地
ごと居抜きで売却しようとしていたという。金庫の五百万は、その取引で受け取った手
付け金だった。強盗は、それを知っていて狙ったというわけだ。

「内部に詳しい者の犯行か」という新聞の見出しに、逸子の目の奥で、怯（おび）えきったあの
店員の顔がちらついた。あれが芝居とは思えないよなぁ……。

　さらに、刑事たちからは、もうひとつ注文がきた。例の赤ちゃんのガラガラについて
は、口外しないでほしいというのだ。

「犯人を特定するための、大事な要素なんですよ。これはほかの人たちにもお願いして
ありますし、マスコミにも伏せてあります」

逸子は責任を持って口を慎むと約束した。が、こちらからもひとつお願いをした。

「事件が解決したら、犯人がどうしてあんなものを持っていたのか、わたしに教えてほ
しいんです」

「いいですが、しかしどうして？」

「興味ありますもの。突飛だから」

逸子が会社に戻ったのは、事件から一週間後のことだった。さすがにその日一日は騒
がれたが、長続きはしなかった。冷却期間をおいたのがよかったのだろう。

新聞は、死傷者の出なかった強盗事件のことだから、続報など載せやしない。やっぱ
り、警察の知らせを待ってるしかないかな……と思い始めたころ、事件から十日目の朝
刊に、いきなり、事件の重要参考人であるとして、「佐々木修一」という二十歳の青年
の顔写真が載せられているのを見つけて、逸子は驚いた。

記事を読むと、佐々木修一は隣町に住む自動車修理工で、勤務先は、なんと逸子が毎
日通りかかるあのオートガレージだった。彼は事件当夜から姿を消しており、愛用のバ
イクはアパートの前に停めたままで、フルフェイスのヘルメットだけがなくなっている

という。バイクでは目立つし足もつきやすいので、ヘルメットだけを覆面がわりに利用し、犯行後、そのまま逃走したのだろうと、記事では匂わせている。逸子は、カウンターの内側で伏せていたとき、遠くで聞こえた車のエンジン音のことを思い出した。

佐々木修一は、いかつい顔をしていた。二十歳という年齢より、少し老けて見える。フルフェイスのヘルメットしか見ていない目には、どんな写真を見せられてもピンとくるわけがないが、なんだか、ホントにこの人だったかなという気がした。声を聞いたら、わかるだろうか。

逸子はちょっと迷った末、警察に事情を聞くよりも、現場に走ることにした。出勤の支度をしたまま、『QアンドA』に行ったのだ。

例の店員は店にはいなかった。今日は休みの日だし、あれからずっと出てきていないから、たぶん辞めるのではないかと、レジの店員がぶっきらぼうに言った。三十をちょっと出たくらいの年齢のその店員は、逸子が人質のひとりだったことを知ると、急に親切になった。

「野次馬じゃないんですね。いや最近、そういうお客が多くって」

「だけどわたし、事件の捜査のことは何も知らされてないんです。どうして、あの佐々木って人が重要参考人になったのかしら」

店員は店内を見回した。幸い、ほかにお客はいない。

「犯人が、赤ん坊のガラガラを持ってたって言ったでしょう？」

「ええ、知ってます。間近で見たもの」

「警察からそれを聞いて、うちの人間はすぐにあいつだってわかったんですよ。うちは交代制で、店員は六人——じゃないや、五人いるんですけどね。みんな、あの佐々木っ

てヤツを知ってたから」

「お客さんなの？」

「そう。隣町から、バイクや自転車であのガレージまで通ってたんだけど、週に何度か
は、帰り道にうちに寄って買い物していったんです。たいてい、夜遅くになって来るん
だけどね。もう——一年ばかしになるかな。それがね、ここ一ヵ月くらいのあいだ、あ
の野郎、ここへ来るとき、いつもあのアヒルのガラガラをポケットに入れててさあ」

佐々木修一は、以前から、はずすのが面倒なのかフルフェイスのヘルメットをかぶっ
たまま入店することがしばしばあったという。店員たちも、強いて注意はしなかった。
だから、店員たちにとっては、長いこと彼は「ヘルメット野郎」だった。それが、彼が
ズボンの尻ポケットやジャケットのポケットにアヒルのガラガラを入れてやってくるよ
うになって以来は、「ガラガラ野郎」とか、「ヘンタイ野郎」と呼ばれるようになってい
たという。

「ヘンタイ？」

店員は笑った。「そりゃそうですよ。大の男がさ、赤ん坊のオモチャを持って歩いてるんですよ。変態に決まってるじゃない」

しかし、強盗をしようというときまで、持ってくるものだろうか。それに、彼はどうして、客の立場であったのに、あの日あの金庫に五百万円の金があることを知り得たのかという謎も残る。

逸子がそれを口にしてみると、店員はにわかに警戒口調になった。

「嫌だな、めったなことを言わないでくださいよ。俺ら、みんな迷惑してるんだから。自分の働いてるところで、そんなバレバレの真似するわけがないじゃないですか」

「そりゃそうだけど……」

「それに俺たちは、オーナーが代わっても同じ待遇で雇われることが決まってたんです。好んで事を起こしたりしませんよ」

そうよね――と思い、礼を言って店を出ようとしたとき、頭に引っかかったことがあった。さっき、レジの店員が、ここで働く店員の数を言い間違えたことだ。

「ねえ、最近――ごく最近、ここを辞めた店員さん、いません?」

レジの店員は、逸子が花粉をばらまくブタクサででもあるかのように、大げさに鼻にしわを寄せてのけぞった。

「嫌だね、お客さん。刑事みたいなことを訊いてさ」

「じゃ、いるのね?」

「いますよ。先週末に辞めたのが、ひとり。だけど、それがどうだっていうんです?」

別にどうだってことはない。ないのだけれど……。

その夜、逸子はなんだかひどく落ち着かない気分になって、寝つかれなかった。それと意識していたわけではないのに、気がつくと時間を気にしていた。事件に遭遇した時刻が近づくと、ジャケットを引っかけて外に出た。むろん、『QアンドA』に行くのである。

あら、以心伝心だと思ったことには、店内には眼鏡くんがいた。ところが、なかに入って彼の肩をぽんと叩いてみると、

「お姉さん、怖いじ気づいちゃってずっと来てなかったね」と言われた。

「え? 君はどうしてたの?」

「翌日の夜から来てたよ」

あまり、ナイーブな気質ではないらしい。

「思い出して怖くなかった?」

「全然」眼鏡くんはハムサンドを持った手を振った。「ただ、僕がここにいることがバレると、今度はオヤジとオフクロが怒る」

「当たり前じゃないの」

逸子は適当にスナック菓子などを買って、眼鏡くんと肩を並べ、事件の前もあとも大して変わった様子のない店を出た。例の鏡は新しい物に取り替えられていたが、ほかには手を入れたところはないようだ。

「あの佐々木って人が強盗犯だと思う？」

白い息を吐きながら、眼鏡くんが訊いた。

「君はどう思うの？」

「お姉さん、刑事みたいだね。質問に質問で答える」

逸子は苦笑した。「あたし、わかんないのよ。あのヘルメットのせいで、犯人の顔も声も、よくわからないままになっちゃってる。店員さんたちは、ガラガラを持ってたってことで、あの佐々木さんって人に間違いないって言ってるみたいだけどね。あの人、ヘンタイだったんだって言ってた」

「単純だよね」と、眼鏡くんはあっさり言った。「そんなストレートな話があるわけないじゃない。この強盗を企んだヤツも、そういう頭しか持ってないんだろうけどさ」

逸子は足を止めた。「どういうこと？」

「僕はさ、あのガラガラ、佐々木って人が拾ったんじゃないかと思うんだ」

「拾った……」

「うん。仕事の関係で、夜このあたりを通ることが多かったそうじゃない？　で、見つけて拾った」

「それで、捨てないで持ち歩いてたの？」

「いつか返してあげようと思って、ね。それ以外に考えられないじゃない」

「ヘンだわよ」と、逸子は笑った。「だって、返してあげようと思うほどの知り合いなら、家を訪ねていくとか連絡するとかして、じかに渡せば済むことだもの」

眼鏡くんは首を振った。「そうはいかない相手だってこと、あるじゃない？　僕とお姉さんだって、そうだよ。コンビニでたまに顔をあわせるだけでさ。名前も知らない。住所もね。僕がお姉さんの落とし物を拾ったら、そのうち会ったときに返してあげようと思って、それが持ち歩けるものならば、コンビニに行くたびに持って出るし、そうでなくても、お店で会ったときに声をかけるさ」

逸子は目を見開いた。この子、眼鏡かけてるわりには、よく見える目を持ってる。

「問題はさ、落とし主だよね」と、眼鏡くんは続けた。「それがわかればいいんだけどさ」

おっしゃるとおりである。

眼鏡くんと別れたあとも、逸子はこの問題に頭をひねりつづけた。翌日も、その翌日も。会社で書類やワープロに向き合っているときも、頭の片隅では考え続けていた。

事件から半月経って、総務部全体の大忘年会の日がやってきた。三次会までつきあっ
て、逸子は終電車に駆け込んだ。

帰り道、事件の夜よりもさらに強い木枯らしに吹かれながら、逸子は歩いた。佐々木
修一が勤めていたというオートガレージの前を通るときは——このところずっとそうな
のだけれど——ちょっと足を止め、シャッターを見あげた。逸子たちを撃つぞと脅した
あの男が、ここで車やバイクの修理や整備に汗を流していた男だとは、どうしても思え
ないのだ。

いや、拾ったガラガラを持ち歩いて、いつか持ち主に返してあげようと考えるような
男だとは。

（あくまでも、もし、眼鏡くんの考えてることがあたっていればの話だけどさ）

くしゃみが出た。逸子はコートの襟をかきあわせて歩き出した。

角を曲がってすぐのところで、道の反対側から、白っぽい小柄な人影がこっちに向か
って走ってくることに気がついた。深夜のことだ、用心にこしたことはない。目をこら
してみると、ずいぶん前に遭遇したことのある、あのおばさん、おじいさんを探してい
たあの奥さんだった。

「あの、すみません」

いつかの夜と同じように、おばさんは声をかけてきた。先回りして、逸子は言った。

「またおじいさんがいなくなっちゃったんですか?」

おばさんは、寒気で赤くなった頬を両手で押さえた。「あら、どうしてまた」

「以前にもお会いしたことがあるんですよ、わたし」

「あらそうですか。おじいさん、こっちのほうによく来るから……」おばさんは、疲れたように首をうなだれてみせた。「困っちゃうのよね、ホントに。寒かろうが暑かろうが、ふらふらうちを抜けだしちゃうんだから。鍵かけといても、駄目なんですよ。ホントはボケてないんじゃないかって思いたくなるくらい」

「見かけませんでしたよ」と、逸子は言った。

「交番に届けてみたらどうですか」

「それはいつもしてるのね」寒風のなかで、せっかくつかまえた話し相手に逃げられまいとでもいうかのように、おばさんは逸子に一歩近づいた。

「困ったわ……。オモチャを落としちゃってからずっと、元気がなくなっちゃってあまり歩き回らなくなってたんだけど、今夜は何が気が向いたんだねえ」

玩具。

(そういえば……)

逸子の頭に、それが落雷のように落ちてきた。オモチャを落としたって?

スーパーで見かけたときも、このおばさんに手を引かれたおじいさんは、まるで子供みたいだった。チョコレートを買ってもらって、嬉しそうで……。あのときも、手にはオモチャのラッパを握ってたじゃないか。

「あの、奥さん」今度は逸子が詰め寄る番だった。「おじいさん、子供のオモチャが好きなんですか？」

「ええ、大好きでね。たくさん持ってるし、持って歩いて、それで遊んで。年寄りもあそこまでいくと、子供にかえっちゃうんですよ」

逸子はもう一歩にじり寄った。

「その、おじいさんが落としちゃったオモチャって、ひょっとしたらガラガラじゃありません？　黄色いアヒルの絵がついたやつ」

おばさんの目が、驚きで丸くなった。「あら、なんで知ってますの？」

逸子がおばさんと──今井さんという名で、家はこの町内だった──ふたりで刑事に会いに行ったのは、その翌日のことだった。今井のおばさんは、半年ほど前に一度、夜の散歩に出てしまったおじいさんを探して歩いているとき、バイクに乗った青年に出会ったことがあると、刑事に話した。

「知らない人ですよ、全然ね。だけど親切な人でね。どうしたんですかって声かけてく

れて、いっしょに探してくれたんです。あの若い人、おじいさんが見つかると、交番に

それを知らせに行ってくれてね。それきりになっちゃったけど……。そう、あのときも、

おじいさんアヒルのガラガラを持ってたんです。あれがいちばんお気に入りでね。よく

持って出て——だから、落としちゃったわけだけど。ガラガラを落としちゃったのは、

そうね、一ヵ月ぐらい前のことですよ。

　ええ、あの人名乗らなかったから、名前とか何も知りません。けど、故郷に八十すぎ

のじいちゃんがいるんで、なんか他人事に思えないって言ってたわねえ。そういえば、

ちょっと訛（なまり）があったみたいだったかねえ」

　今井のおばさんは、佐々木修一が町内の強盗事件の重要参考人になっていることを、

まったく知らない様子だった。

「あたし、そもそも新聞なんて読まないものねえ。テレビだって落ち着いて観たことな

いんですよ。おじいちゃんから目を離せないからね」

　事件の本当の犯人が逮捕されたのは、それから三日と経たないうちのことだった。友

人宅を訪ねたところを、張り込んでいた刑事に逮捕されたのだ。

　犯人は、十九歳のフリーアルバイターの青年で、逸子がちらりと考えたとおり、事件

の直前に『ＱアンドＡ』を辞めた元店員だった。ほどなく、彼の自白に従って、秩父の

山中に浅い穴を掘って埋められていた佐々木修一の遺体が発見された。　撲殺されたものだった。

元店員の車の――大枚のローンを組んで買ったもので、まだ一回分しか支払いをしてなかった――トランクからは、佐々木修一の髪の毛や、彼と同じ血液型の血痕が発見された。元店員が強盗のあとで逃走に使ったのもこの車であり、逸子が聞いたエンジン音も、この車のそれだった。

「ガラガラ野郎」であること、フルフェイスのヘルメットをかぶったまま店内に入ることが多いこと、勤め先が近く、簡単に住まいを突き止めることができたこと――犯人の元店員にとっては、小賢しい計画を立てることをそそられるような要素が、佐々木修一にはたくさんあった。元店員は、ごく単純に、ヘルメットで顔を隠し、ガラガラを持って店内に入れば、レジにいる店員たちは必ず、それが佐々木修一だと思い込むに違いないと考えた。強盗にとりかかる前に、例のガラガラを手に入れ、佐々木修一をどこかに片づけてしまえば、お膳立ては完璧になるというわけだ。相手は一人暮らしだし、帰宅は深夜になる。易しい、易しい。あいつはヘンタイなんだから、殺したったってかまいやしない、ぬれぎぬを着せるには、ちょうどいい――

そうして事実、事件の夜にレジにいた新米の店員は、この小細工に引っかかった。彼から話を聞いたほかの店員たちも、すぐに、犯人は「ガラガラ野郎」だと思い込んでし

まった。だが、警察は一秒だって騙されなかった。佐々木修一を重要参考人として手配したのは、彼を疑ったからではなく、そのふりをすることによって、犯人をあぶりだすためだった。

捜査する側は、最初から元店員に狙いを定めていたのである。

遊ぶ金欲しさにやったことだと、元店員は言った。それに以前から、機会があったら一度、銃を使ってみたいと思っていた、と。暴力団から買ったという彼の拳銃は、彼が捕らえられたとき、車のダッシュボードのなかに、無造作に突っ込まれていた。

たった一度縁があっただけの老人のことを覚えてさえいなければ、老人のお気に入りのガラガラのことを覚えてさえいなければ、近所の人らしいから、また会うことがあったらガラガラを返してあげようなどと考えたりさえしなければ、佐々木修一という青年は、こんなことに巻き込まれなかっただろう。殺されることもなかった――

なんて無意味で、皮肉なんだろう。逸子は気が滅入って、一日会社を休んでしまった。

その後逸子は、『QアンドA』に足を向けなかった。幸い、自分は無傷で済んだけれど、気のいい青年がひとり、あまりにも理不尽な殺され方をしたことを思い出すのは辛かったからだ。

今井のおばさんとおじいさんには、駅前のバスターミナルで出会った。温かそうな毛糸の帽子をかぶり、おばさんに手を引かれて、おじいさんはバスを待っていた。その手

に黄色いガラガラが握られているのを見て、逸子は思わず足を止めた。あれは——形

警察が返してくれたのだろう。ほんの少しだけど、よかったと思った。あれは——形

見みたいなものだから。

いっしょに人質になった中間管理職とは、あれから顔をあわせる機会がない。彼も

『Q アンド A』には行っていないんじゃないかという気がする。その後、元気で会社に

出勤しているだろうか。撃たれて死んだほうがいいだなんて、もう考えてはいないだろ

う。あれだけ必死になって交番へ走ってゆく姿を見せたあとで、それはないだろう。

眼鏡くんとは、意外なことに、駅のホームですれ違った。たった一度だけだが、事件

が全面的に解決して、二日ほどあとのことだ。

彼は同級生らしい少年と数人で連れだって、下りの電車に乗るところだった。

土曜の午後で、逸子はこれから上りの電車に乗るところだった。

逸子は声をかけようとした。眼鏡くんの推測は当たっていたのだ。そのことだけでも

話したい。眼鏡くんも逸子に気づき、こちらにやってこようとした。

が、タイミングがあわなかった。眼鏡くんの友達は、楽しそうにしゃべり続けている

眼鏡くんもそれにあわせている。声はにぎやかに入り乱れ、眼鏡くんは仲間たちの輪の

なかに入ったまま、逸子のそばを通り過ぎてしまった。逸子は彼らの後を追うように移

動し、眼鏡くんは横目でそんな逸子をちらちらと見ていたが、駅の階段のそばまで行っ

てしまうと、諦めたように肩をひとつ揺すって、友達と並んで降りていった。

友達を押さえて、駆け寄ってはくれなかった。

そうか、コンビニ友達なんだな、あたしたち——ホームに独りでぽつりと立って、逸子は思った。

普通じゃあり得ない組み合わせだもんね。コンビニ以外のところじゃ、うまく話ができないのかもね。

それでいいんだろうな、と、逸子は考えた。あれはそういう場所なのだ。昼間の暮らしと切り離された場所。

でも、やがて上りの電車がやってきて、轟音で逸子を驚かすまで、やっぱり、心に佐々木修一の顔を思い浮かべて考えていた。あの元店員が、いや、『QアンドA』の店員たちのうち、誰かひとりでもいい、佐々木修一の名前を知る機会があったなら、どうだったろうと。そうしたら、彼がガラガラを持っていた理由も、彼がごく普通の人間であるということも、わかったのじゃないか。ひいては、あんなふうに利用されることも、殺されることもなかったんじゃないかと。

三日とあげずに通う店なら、普通なら店員が客の顔も名前も覚えるだろう。世間話くらい、するだろう。そうなれば、防犯上どうこうなどと言わなくたって、客のほうで、フルフェイスのヘルメットをかぶってなかに入ろうなどとしないだろう。

だけど、コンビニとはそういう場所ではないのだ。そういう場所でないことを、みんなが求めているのだから。

電車に揺られながら、いつのまにか逸子は鼻歌を口ずさんでいた。事件のあった夜、BGMが切られたときにかかっていた曲だった。愛してる、愛してる、愛してる——

そして逸子の鼻歌も、あの夜の歌が途絶えたところで切れた。「愛してる」というリフレインの、その途中で。

十年計画

人から聞いた話である。

その人物は女性で、年齢は四十代の半ばくらい。ふっくらとした身体つき。壁にぽん
ぽん跳ね返るような元気のいい声。連続ドラマのなかにエキストラとして登場する、

「噂好きの近所の奥さん」タイプの、よくしゃべる人だった。

わたしは彼女と、小一時間ほどふたりきりになる機会があって、彼女の語る「まあ、
身の上話みたいなもの」を拝聴することになったのだった。深夜、午前二時をまわった
ところで、彼女のかけているラジオからは、洋楽のスタンダード・ナンバーが何曲か続
けて流れていた。パーソナリティのおしゃべりの入らない、ひたすら音楽を聴かせるだ
け、という番組のようだった。

最初に話しかけてきたのは、彼女のほうだった。運転免許をもっているかと、質問し
てきたのだった。

「残念ながら」と、わたしは答えた。「運動神経が鈍いもんで、やめておこうと思って

るんです。わたしなんかが免許をとったら、世間様の迷惑になる」

すると、彼女は声をたてて笑った。

「とってみると、案外そんなもんでもないですよ」

「そうかしら」

「そうそう」と、大きくうなずき、「自分のなかの、新しい面を発見したりするかもしれないしね」

「案外、わたしみたいなのほど、すっごいカミナリドライバーになったりしてね」

「ハンドルを握ると性格が変わる人って、たしかにいますからねえ。だけど、お嬢さんみたいな若い人でも、カミナリドライバーなんて古い言い回しをするんですかあ？」

「わたし、それほど若くないもの」

「あらそう。じゃ、年齢のことは言いっこなし」

彼女の頬が、陽気な感じにほっこりと緩んだ。ちらりとしか見ることはできなかったけれど、明らかに、彼女はこのおしゃべりを楽しんでいるようだった。

わたしも、少しくたびれてはいたけれど、この退屈な時間をただぼやっと過ごしてしまうよりは、気楽な会話をかわしているほうが、ずっと面白いと思った。もともとわたしは、他人の話を聞くのが好きな気質なのだ。

それに、彼女は、臨時の話し相手として、なかなか興味をそそられる存在だった。だ

から、彼女のほうから、話の蓋を開ける、こんな台詞を口にしたとき、わたしは、見せかけではない本当の興味を持って、耳を傾ける気になったのだった。

「あたしはね、あたしの年代の女にしては変わってって、ずいぶん若いときに運転免許をとったんですよ」

「おいくつのときですか」

「高校を出て、お勤めをして二年目でした。だから、二十歳ですかね」

たしかに、この人の年齢から考えると、その当時では珍しいことだったろう。

「今から三十ン年前のお話ですよ」

おやと思って、わたしは彼女の推定年齢を微調整した。若く見えるひとだ。

「あたしもね、お嬢さん、最初のうちは、自分には運転免許なんか必要ないと思ってたんです。むいてない、とも思ってた。それこそ、運動神経が鈍かったからねえ」

「それに、三十ン年前だったら、今ほど、女のひとが気軽に免許をとる──という時代じゃなかったでしょう」

彼女は小刻みにうなずいた。また頬が緩んでいるのが見える。

「そうなの。最近は、高校を卒業するとすぐ免許、ですけどね。あたしの娘もとりたがってて」

「おいくつですか」

「高校三年。しょうもないオテンバで。来春卒業ですから、そうなったら、すぐに教習所へ行くって張り切ってますよ。今からアルバイトでお金溜めてて。それでもって、運転に慣れないうちは、母さんの車を貸してね、ですってさ」

「でも、そのほうが安心かも」

「そうねえ、どの程度気をつかって整備してあるかどうかわからない安いレンタカーや、中古をねぎって買ったような友達の車なんかを乗り回されるよりはね」

母親らしさをにじませた言葉だった。

「話がそれちゃったけど」と、彼女は続けた。「とにかく、二十歳のとき、あたしは突然、免許をとろうと決めたんです。ホントに突然。それまでは考えてもみなかったのにね。どうしてだと思います?」

「さて」と、わたしは笑った。「教習所の教官にステキなひとがいたとか」

彼女も笑顔になった。「そんないい話じゃなくってねえ」

ちょうどそこで、それまでラジオから聞こえていたスローテンポのバラードが終わった。次の曲が始まるまでのわずかな空白に、彼女の言葉がすぽんとおさまった。

「あたしはね、お嬢さん。人をひとり殺してやろうと思って、それで運転免許をとろうと決めたんです」

ちょっとのあいだ、わたしは黙った。顔には笑顔が張りついたままだったと思う。

「それ、本当の話？」と問いかえしたときに、ラジオから次の曲が流れてきた。フラン

ク・シナトラの『夜のストレンジャー』だった。

「本当も本当、つくり話なんかじゃありませんよ」

彼女は、軽く頭をかしげてわたしを振り返り、「だけど、昔の話ですからね」と付け

加えた。

「びっくりしちゃった」と、わたしは笑った。「今までにも、この話、したことあるん

ですか？」

「たまにね。気が向いたときには」

「みんなびっくりしたでしょう、聞かされた人は」

「そりゃいいアイデアだ、なんて言った人もいましたよ。罰当たりですけど」

シナトラの声を頭の隅で聴きながら、わたしは考えた。いいアイデア──

「ってことは、つまり、運転免許をとって、交通事故に見せかけて、誰かを殺そうと思

ったって意味？」

「大当たりぃ」と、彼女は楽しげに言った。それでわたしは安心した。これはホントに

昔語りで、彼女自身も面白がっているのだ。ぶっそうな匂いはするけれど、少なくとも、

恨みつらみを聞かされることだけはなさそうだと思っていい。

「あたしはね、お嬢さん、その昔二十歳のときに、そりゃあひどい目にあったことがあ

りましてね」

彼女の声のトーンが、ちょっと沈んだ。転調。ここは過去に敬意を表して、できるだけ悲しげに奏でること。

「ありていに言えば失恋だったんだけど、それで仕事も失くしちゃって。社内恋愛だったもんだから、要するに、いられなくなっちまったんですよ、そこに」

「ああ、わかります」

「ねえ。今だってそういうことありますよね」

「ありますよ。居心地悪いもの」

「でしょ？だけどね、昔のことだから、気持ちの問題だけじゃ済まないの。今よりもずっと不自由でしたからね。会社の規則で、社内恋愛を禁止されてたんですよ。だから、バレた途端に、あたしはクビ。だけど、男のほうは辞めないで済んだの」

「どうして？　不公平じゃない」

彼女は頑丈そうな肩をすくめた。

「上司の持ってきた縁談を受けたからですよ。そいでもってあたしをふったから」

「ありゃりゃ」と、わたしは声をあげた。

「じゃ、厄介ばらいされちゃったの？」

「そうなのそうなの。というよりね──」

嫌な思い出を口元まで持ちあげるのに、少し時間が要るのだろう。よっこらしょ。そ

のあいだ、間があいた。

「当時のあたしの彼氏はね、上司の持ってきた縁談を受けたかったわけ。で、あたしを

片づけちゃうために、上司に、わざと打ち明けたんです。あたしと付き合ってるって。

だけど自分は本気じゃない、実をいうと、つきまとわれて困ってるんだって。自分とし

ては、会社の規則を破るようなことはできないって、何度もつっぱねてきたんですがっ

て」

これが本当なら、唖然とするような身勝手な話だ。

が、世の中、そういうこともある。どんなことだってあり得る。それがわかるくらい

には、わたしも年齢を積んでいた。

「結果的には、そんな男とくっつかなくて、あたしはホントに救われたんだけど」

「本当よ。よかったですよ」

「だけど当時は辛かったですよ。ある日突然、上役のところに呼び出されて、君は規則

違反をしているね、でしょ。それで、一ヵ月の予告期間だけ与えられて、首をチョンで

すもの」

「裏切りなんてもんじゃないわね、それは」他人ごとでも腹立たしい話だ。「だけど、

そういう事情を、どうやって知ったんですか。まさか、当の彼氏から聞かされたわけじ

「それが実はそうなんです」

今度こそ、わたしも口あんぐりだった。

「そんないけ図々しい話ってあります？」

「あるんですね、世の中には」

彼女は陽気な声で笑った。その陽気さには、無理につくったものは隠されていなかった。歳月が、彼女にそういう智恵と力と回復力とを与えたのだろう。

「彼氏、なんて言ったんです？」

さすがに苦笑しながら、彼女は言った。

「わかってくれるはずだろうって。『君が、僕のことを本当に好きならば、僕の幸せを願ってくれて当然だろう。きれいに身を引いてくれると信じてるよ』ですってさ」

わたしは吹き出してしまった。彼女も笑い続けていた。

「ねえ、そういう男だったんです。あたしもバカだったのね」

「だけど、それなら、そいつを殺してやりたいと思っても無理ないですよ。当たり前だわ」

「お嬢さんなら、どうします？」

「どうするって、殺し方？」

「ええ。堂々と殺します？　それで、こっちにもそれだけのことをやるだけの理由があったんだって、世間に認めてもらえるように、出るところに出ていきますか？」

わたしは考え込んでしまった。そして、ここで『やってやるわよ！』と即答できないような人間には、どうしても、そういう自爆的な殺人はできないのだろうな、と思った。

「いえ、駄目でしょうね。そういうやり方はしない。だって、そんな男のために犯罪者になるなんてゴメンだって思っちゃうもの」

「でしょ？　あたしもそう思ったんです。だから、交通事故に見せかけようと思いましてね。あれなら、人身死亡事故でも、事故ですからね、あくまでも」

「だけど、ちょっと待ってね」

わたしがそう言ったとき、ラジオから流れる音楽が『十番街の殺人』にかわった。なんだか、おあつらえむきである。

「その計画には無理がありますよ。だって、いくら事故でもね、人ひとり死んでたら、警察だって一応あれこれ調べるでしょ？　で、ちょっと調べられれば、轢いたあなたと轢かれて死んだ男の関係がわかっちゃうでしょう。そうしたら、警察だって、ただの事故として扱ってはくれませんよ」

「だからね、お嬢さん」彼女は落ち着き払って言った。「あたしはね、最低でも十年は待つつもりだったんです」

「十年――」

「ええ。ほとぼりが冷めるまでね」

「だけど、十年も経ったら、そりゃほとぼりも冷めるでしょうけど、殺意のほうもさめちゃいませんか」

棒に振ってしまうことになるだろう。

普通はそういうものだと思う。でなければ、手酷い失恋をしたひとは、みんな一生を

「何十年経っても冷めないって、当時の――二十歳の娘っこだったあたしは思ってたんです」と、彼女は言った。「確信してたんですよ。恨みと復讐心だけを心の支えにして生きるつもりはなかったし、あたしはあたしで、こんなことから立ち直ったら、きっといい人生をつくることができると思ってましたけどね。でも、そのことと、あいつのやったことを許せるかどうかってことは、別問題だったんです。あたし、許せなかったですお嬢さん。どうしても勘弁できなかったんです」

その気持ちはわかる。しかし、それにしても遠大な計画を立てたものだ。

「十年待つの、しんどいな、と思ったこともありますよ」

彼女は真面目な口調で言った。笑いも陽気さも、少し脇へどかしてあった。

「あんなひどい人間と、この世の中に、同じ空の下に、十年も同居していられないって、ね。五年で充分じゃないか、いや三年で、とかね。いちばん気が急いてたときは、免許

とったらすぐにやってやろうとまで思いました。彼の住んでるところは知ってたし、生活のパターンもつかんでましたからね。理由なんか、いくらでもつけられると思いました。たとえばね、こんなの。どうしてもよりを戻したくて、彼に会いに、車を運転して出かけていったら、たまたま会社から帰ってくる途中の彼を見つけて、近寄っていって声をかけようと思ったんだけど、あまりにドキドキしてたもんだから、アクセルとブレーキを踏み間違えちゃったんです、あたし、免許とってまだ一週間なんですよ、まだ運転もフラフラしてるでしょう——」

わたしはウーンと声を出してうなり、腕組みをした。「それ、通用しない言い訳だと思うなあ」

「やっぱり？　そう、あたしもそう思って、やめたんです。で、十年待とうってね」

「長期的計画を本採用したわけですか」

「そういうこと」と、彼女は笑った。また、この話を始めたばかりのときのような、明るい笑い声に戻っていた。

「十年なんて、あっという間でしたねえ」

呟く彼女の頭のなかで、アルバムのページがめくられているのが、目に見えるようだった。歳月を経ても黄ばむことのない写真。埃の一粒もくっつくことのない記念品。

「会社をクビになった直後には、少しは貯金もありましたからね。それでまず教習所へ

行って――教官が嫌らしいヤツでね、これがまた辛かったけど、まあとにかく無事に免許はとったわけです。だけどね、そこから先が大問題だったんですよ」

「大問題?」

「ええ。あんな事情ではあったけど、あたし、一応『解雇』されたことになってたでしょう? だから、次の仕事が見つかりませんでねぇ」

「あ、そうか……」

「親には心配かけるし、生活も苦しいし。うちは、学校を出て立派に成人している娘をブラブラ居食いさせておけるような余裕のある家じゃありませんでしたから、そりゃあ申し訳なくて、惨めでね。いっときは、水商売のほうへ行こうかと思ったこともありました」

「やっぱりこれは、三十ン年前の時代の話なんだなあ……と、わたしは実感していた。

今だったら、二十歳ぐらいの女性の働き口など、わんさとある。その場しのぎのアルバイトでよければ、すぐにも見つけることができる。

「免許をとったって、半年も一年も車に触ることができなければ、すぐに忘れちゃうでしょう。だからあたし、車の運転ができるってことを生かせる職場を探したんです。だけど当時はまだ、そういう仕事はみーんな男のものでね。女性には、入り込む隙がありませんでした」

「そうでしょうね」と、わたしは深くうなずいた。「時代は変わりましたねえ」

「ええ、変わったもんですよ、ホントに」

しみじみと間を置いてから、彼女は続けた。

「そんなわけで、いっときは、自分の人生にも絶望しちゃいそうになってましたんですね。悪運かもしれないけどさ」

「仕事、あったんですか」

「住み込みのお手伝いさんの職がね」

わたしは少し、胸が痛んだ。職業に貴賤はない。だが、ほんの少し前までは華やかなオフィス・ガールだった二十歳の娘がいきなりお手伝いさんになるのは、やっぱり辛いことだったろう。

「あたしには、有り難かったですよ。どうしてかって言うとね、お嬢さん。そのお宅では、あたしに車の運転をさせてくれたんです。つまり、お手伝いさんであると同時に、奥様付きの運転手にもしてくれたんです。外車ばっかり、それも三台も持ってるような家でね。旦那様のために、運転手がひとり雇われてました。だけど、その人ひとりじゃ、なにかと不便だったんでしょう。奥様が美容院へ行くとか、もろもろの用事のあるときにね。で、あたしを女運転手として養成してくれたってわけです」

最初のうち、半年ほど、昼はお手伝いさんとして働き、夜になると、旦那様付きの運

転手の指導で、家の近くを運転してまわり、少しずつ訓練を積んでいったのだという。

「初めてひとりで奥様を乗せたときは、もう緊張して汗びっしょりでしたよ。お宅は椿山荘の近くにあったんですけどね、あそこから目白の駅前に出てゆくのに、三十分くらいかかっちまいました」

「そりゃ凄いわ」

「ねえ、可愛かったんですよ、あたしも」

彼女の頭のなかには、今でも、当時の若い娘だった彼女が住み着いているのだろう。そして彼女は、その若い娘を愛しんでいるのだ。今現在、高校三年生である自分の娘を慈しむのと同じように。

ふと、わたしはうらやましく思った。わたしは、この人ぐらいの年齢になったときに、若い娘だったころの自分を、こんなふうに可愛がってやれるようになるだろうか。

「あたしはホラ、さっき話した遠大な計画を温めてましたからね」と、彼女は続けた。

「うんと優秀な、腕のいい運転手にならないといけなかったんです。まず、車で人を轢いて殺すっていっても、わざとやろうとしたら、容易なこっちゃないんですから。テクニックを身に付けておかないとね」

「うん、それはそうでしょうね。生身の人間が相手だもの」

「それと、いざその遠大な計画を実行に移して死亡事故を起こしたときには、情状酌量

をいっぱいしてもらいたいでしょ。覚悟のうえでやったことでも、やっぱり交通刑務所行きは嫌ですからね。それには、情状酌量してもらえるような、無事故無違反の実績のあるドライバーになってないとね」

「うん……」

しかし、本当に気の遠くなるような計画であり、かつ、この人はかなり周到に物事を考える頭のいい人なのだ。

「それともうひとつ。貯金も欲しかった。事故で人ひとり殺しちゃったら、賠償しないといけませんからね。これだって、やりようによっちゃねぎることはできるけど、やっぱりまとまった額を払うことになりますわね。そうなると、あたしに蓄えがないと、まわりに迷惑をかけることになる」

「賠償金、払うつもりだったんですか?」

「そうですよ。事故だもの、当たり前」

「だけど、バカらしいと思いませんでした? 相手はああいう男ですよ」

「だけど、あいつを殺したことで、あいつの家族が生活に困ったりしたら、あたしも寝覚めが悪いもの」

わたしは感心すると同時に、これまでで初めて、ちらりと怖くなった。こういう種類の息の長い怒り、周囲への気配りのある殺意というのが、実はいちばん恐ろしいのじゃ

なかろうか。

「あたしはずいぶん、頑張りましたよ」

わたしのもの思いをよそに、彼女は過去を語り続けた。

「五年も経つと、あたし、かなりのドライバーになってました。でね、お嬢さん、人の運命なんてわからないもんですよ。あたし結婚したんです」

「まあ」

「さっき話した、旦那様付きの運転手と」

個人指導教官と結ばれたというわけだ。

「夫婦になってからも、あたしたちは同じお宅で働いていました。いいお宅でしたよ。旦那様も奥様もね」

「どれぐらいのあいだ、働いてらしたんです？」

「ちょうど十年」と、彼女は答えた。「そこで、旦那様の会社がいけなくなりましてね。破産ですわね、言ってみれば。で、お屋敷も使用人もみな失ってしまったわけ」

「あなたとご主人はどうなさったんですか？」

「とりあえず、あたしは仕事を辞めました。亭主は就職しましたけどね。そのころには子供もいましたし、あたしは子育てにかかりっきり」

そこで、彼女はにっと笑った。

「で、気になります?」

「なりますとも」

　遠大な十年計画のほうは、いったいどうなったのか、ということである。

「そういう忙しさにまぎれて、十年目の計画のことも、忘れちまってました。実を言う

と、結婚した時点で、忘れちまってたようなもんですよ」

　わたしはほっとした。その安堵が顔に出ただろうけれど、それでよかった。

「そうだろうとは思ってたけど」

「そうですか」

「だって、もし本当に十年計画を実行に移していたら、今、こんな仕事はしていられな

かったんじゃないですか?」

「そういやあ、そうね」と、彼女は明るく笑い、頭の上に粋な角度で載せてある、白い

帽子に軽く触った。その帽子の縁には、社名が入れてあった。

「株式会社さくらタクシー」

　時代は変わった。三十年前に比べたら、ウソのようだ。こうして、女性の運転手さん

がハンドルを握るタクシーに、深夜、乗り合わせることができるなんて。

　ただ、不思議なものだと思う。わたしはタクシーの運転手さんとはよくしゃべるほう

だし、そのときはいつも、「運転手さん」と呼びかけるようにしているのだけれど、相

手が女性だと、それができない。思い込みかもしれないが、どうも呼びにくい。

まあ、これも、そのうち変わってゆくことなのだろうけれど。

「あなたのご主人も、同じタクシー会社におられるんですか?」

「いえいえ。うちの亭主は別のとこ。さくらタクシーは、社長も女性でしてね。あたし

みたいな女ドライバーを集めて、会社の特色を出そうとしてるのだ、という。

上の息子が高校を卒業してから、ここで働きだしたのだ、という。

「そのころ、家を建てましてね。やっぱり、亭主だけに借金をしょわせるわけにはいか

なくて。前に話した高校生の娘は、母さんがべったり家にいるとうるさくてしょうがな

いから、働いてくれたほうが楽だ、なんて憎まれ口をききましたよ」

「いいおうちなんでしょうね」

「客間にはね、本物の檜(ひのき)の柱があるんです」誇らしげに頬をふくらませ——後のシート

から見ていても、彼女の表情はよくわかった——胸を張って、彼女は言った。

「あたしと亭主の夢だったんですよ、それが」

いつのまにか、車の窓から見える周囲の景色が、わたしの馴染み深い町のものになっ

ていた。話に夢中になって、途中では道順のことなど話さなかったのに、最初に乗り込

んだときに告げた番地だけを手がかりに、この人は、ちゃんとわたしを自宅近くまで送

り届けてくれたのだ。

　腕がいいんだなあ。プロなんだ。

「もうそろそろですね」

「ええ。次の角を左折してください。すぐそこです」

　車はスムーズに角を曲がり、やがてわたしの家の前に停まった。門灯はもう消えていた。

「すごい午前様ですねえ、お嬢さん」

　冷やかすように、彼女は言った。

「うちの家族は、もう慣れっこですから」

「おやおや」

　わたしが料金を支払い、お釣りをもらい、メーターに取り付けられた機械が領収書をプリントアウトしているあいだに、彼女は、おまけのような口調で言った。

「実はね、乗せたんですよ」

「誰を?」と訊いてから、間抜けな質問だったと気づいた。決まってるじゃないか!

　彼女は黙ってほほえんでいる。こちらに向き直っているので、初めて、正面から顔を見ることができた。右目の下に特徴のある黒子があったが、それ以外は、とりたてて印象に残るところのない、普通の「おばさん」である。二十年もすれば、わたしもこんなふうになるのだろう。

「いつのことです？」

「もう一年近く前のことですよ」

「すぐわかりました？」

「ひと目見て」

「——世の中、狭いですね」

「おまけにいたずらだわねえ」と、彼女は言った。「もともと、あの人がいなかったら、あたしは今こうしてはいなかったんだしね。そうすると、あたし、あの人にけっこう良いことしてもらったのかもしれませんよ。楽しい人生、もらいましたよ」

もらったんじゃなくて、つかんだんですよ、わたしは心のなかで言った。

「向こうは、気がつきましたか」

「いえいえ、全然」

「まるっきり？」

「ええ。あたしの顔なんか見てなかったし。娘みたいな若い女の子がいっしょでしたからね。娘のはずはないと思うけど、あの様子じゃ」

彼女は笑い、わたしも笑った。お互いに、誰のことを笑っているのか、ちゃんとわかっていた。

「はい、おまたせしました」

彼女が、プリントアウトの終わった領収書をちぎって、渡してくれた。

「おやすみなさい」

自動ドアを開け、そう言った。

「おやすみなさい」と、わたしも応えた。

例の男を乗せたとき、どんな気持ちだったのか。彼はどんなふうに年齢を重ね、どんな五十男になっていたのか。

訊いてみたいところだった。が、訊くまでもないことでもあった。わたしは、そう思う。あの穏やかな顔が、すべての答えになっている。わたしは自宅のドアに手をかけて、彼女の車が走り去るのを見送った。

いつもならそんなことはしないのだが、わたしは自宅のドアに手をかけて、彼女の車が走り去るのを見送った。赤いテールランプを誇らしげに光らせて、車は深夜の都会へ戻ってゆく。彼女はプロの運転手なのだ。

彼女には断りなしに、わたしはこの話を書いてしまった。直接彼女の目に触れることはないと思うけれど、広いようで狭い世間のことだ。この文章を読んだかたが、いつかどこかで、彼女のタクシーに乗り合わせることがあるかもしれない。

そしてもし、彼女がこの話を始めたら、そのときにはどうか、「ああ、その話なら知

ってる」などと言わないで、最後まで聞いてほしい。彼女の声で、彼女の好きな、あの

スタンダード・ナンバーだけをかけているラジオ番組をBGMに、じかに聞く話は、き

っと、この拙い一文よりもはるかに大きなものを、聞き手の心に残すはずだから。

それだけは、お約束することができる。

過去のない手帳

1

腕が痛い。

吊革につかまろうと思って手をあげたら、半分くらいしかあがらなかった。新しい掃除機にまだ慣れていないせいだろうけれど、このところ全然運動してなかったしな……と、和也は少しバツの悪い気分になった。

電車は御茶ノ水駅に向かっている。車内は空いていて、和也と同じくらいの年頃の若者たちもいるけれど、彼らもグループではなく、ひとりふたりでぽつりと乗っている。

平日の午後二時すぎという時間帯のせいだろう。

普通の大学生は、こういう時間帯、だいたいどんなことをして過ごしているものなのだろうかと、和也は考えた。

授業中？　サークル活動？　麻雀やパチンコをしたり、映

画を観てる？　アルバイトに精を出している？　いずれにしろ、好きなように気楽に暮らしているのだろう。

アルバイトなら、和也もしている。現に、今もアルバイト先の会社へ、十日に一度支払われる給料を受け取りに行くところなのだ。稼いだ金はそっくり小遣いになる。学費は親がかりだし、ひとり住まいではないので家賃や食費の心配もない。そういう意味では、和也だって気楽な大学生のひとりだ。ただ、和也が漠然と想像する「気楽な学生」とは彼自身とのいちばん大きな違いは、今の暮らしを、和也がちっとも楽しんでいないということだった。

電車は御茶ノ水駅に停車した。ホームには若者の姿が目立つ。ドアが開く。和也は車両の奥のほうへと移動した。この駅で降りることがなくなってから──いや、白状するならば、降りることができなくなってから、そろそろ丸一ヵ月になるところだ。最初のうちは、大学へは行けなくても、今日のように中野まで向かうとき、一度御茶ノ水で降りて中央線の快速に乗り換えることぐらいは平気でできた。今では、それさえできない。ホームで知り合いに会ってしまうかもしれないという億劫さもあるけれど、何よりも、御茶ノ水の駅に足をおろすと、ここから大学へ行くことができない後めたさと自分への嫌悪感とに圧倒されそうになるからだった。

入学したばかりのころは、自分がこんなふうになるなんて、それこそ夢にも思ってい

なかった。「五月病」なんて言葉の存在すら忘れていた。和也にとってそれは、コレラや赤痢と同じくらい縁のない「病気」だったのだ。

それなのに、今はこのていたらくだ。

あと数日で五月も終わる。車窓から眺める東京の街を照らす日射しは能天気なほどに明るい。まもなくやってくる雨の六月の前に、せいぜい陽気に照らしておこうと、太陽がめいっぱい良いところをみせているのだろう。

電車は中野へ向かって走る。各駅停車だからのんびりした走りだ。飯田橋のあたりで、後ろから来た快速に追い抜かれる。近づいたり離れたりしながら追い越してゆく快速の赤い車両。滑らかに、するすると先を走っていってしまう。なんだか、今この瞬間にも、人生のレースのコースで和也を追い越して行っているに違いない、大勢の若者たちのようだ。

四ッ谷を過ぎると、車内はさらに空いてきた。和也はまたドアのそばに立った。千駄ヶ谷駅で、ホームや線路を取り囲むようにして咲き誇っているツツジを見たかったのだ。花を見るのなんて、このときくらいのものだし、ツツジの花は昔から好きなのだ。

短い停車のあいだに、ツツジの株の数を数える。いつだって数え切れない。十日に一度ここを通りかかるたびに、行きも帰りも数えているのに。

十日前よりも、今日は、花の落ちている株が多くなっている。ツツジが終われば、春

も終わりだ。ついでに五月病も終わってくれればいいのに……。

電車は千駄ヶ谷の駅を離れ始める。四十七株まで数えたところで、ツツジを目で追い切れなくなった。ドアから離れ、通路に向かう。中野まで座っていこう。新宿で停まると、また混むからな——

ガラガラの車内で、どこに座ろうと勝手だ。腰を降ろしたとき、向かい側のシートの網棚の上に、雑誌が一冊乗せられていることに気がついた。向かいのシートには誰も座っていない。誰かが読み終えたものを残していったのだろう。

ちょうどいい。もらってしまおう。立ち上がってひょいと手を伸ばし、雑誌をつかんで下ろしかけたとき、いきなり何かがばさりと降ってきた。

一瞬、ぎょっとした。降ってきたものは和也の肩に当たって車両の床に落ちた。

手帳だった。よく見るビジネス手帳だ。青い表紙で、縦長のスマートな体裁。

和也は手につかんだ雑誌を見た。月刊の女性誌だ。グラビアも広告もたっぷりというタイプのやつだ。青い手帳はこのなかにはさまれていたらしい。それで、和也が雑誌を持ち上げたときに落ちてきたのだ。

ちょっとまわりを見回した。この車両のなかに、乗客は五人。すぐ近くに、中年の女性がふたり並んで座り、さっきから盛んにおしゃべりをしている。あとの三人はみんなひとり客で、本を読んだり居眠りをしたりしている。誰もこっちを見ていない。あ、そ

れは私のですと、声をかけてくる様子もない。和也は手帳を拾い上げると、シートに腰を降ろした。

とりあえず、女性誌は脇に置いた。『コレクション』という雑誌だった。最初から女性誌だとわかっていたなら、網棚に乗せられていても、手を出したりしなかっただろう。エステやダイエット、使いまわしの利く春物スーツの買い方なんて、和也には縁のない話だ。

青い手帳は、まだ新品だった。表紙はぱりっとしていて、紙も新しい。裏も表も無地で、銀行とか出版社のサービス品である様子はなかった。

表紙をめくると、すぐ裏側が見開きのカレンダーになっていた。今年のものだ。後のほうに、ページの紙の色が淡いブルーになっている部分があり、そこをめくってみると、官公庁やホテル、公共機関の電話番号一覧表が載せられていた。これは印刷されたものだ。

和也はまた、ちらっとあたりを見回した。そろそろ新宿駅に近づき、電車はスピードを落として、ゆっくりと揺れている。さっきの中年女性のふたり連れが立ち上がり、シートの上や足元に置いてあったデパートの紙袋を、おおわらわでまとめて持ち始めた。

ふたりあわせて六つか七つはあるだろう。

誰も和也を見ていない。それでも、拾った手帳の中身を——真ん中の部分を——のぞ

いてみるのは気がひけた。特にこれは、女性誌にはさまれていたのだし、たとえ表紙が青色であろうと、女性のものである可能性が高いのだから。

電車が新宿に到着した。ドアが開いて、ホームで待っていた客たちがどっと乗り込んできた。急ににぎやかになる。そのどさくさにまぎれるような感じで、和也は手帳の真ん中を開いてみた。

真っ白なカレンダーが並んでいる。見開き一ページがちょうど一週間分だ。書き込みはどこにもない。前に戻っても、先をめくってみても、手書きの文字は出てこない。なんだ、本当に今しがた買ったばかりのものなんだ。

カレンダーの部分の次に、アドレス帳のページが出てきた。和也はさっさとめくった。真っ白のものなのならば、遠慮することはない。こんな手帳のひとつやふたつ、買ったって五百円くらいのものだろうし、落とし物として届ける必要もない。いいや、もらっちゃおう——

と思ったとき、手書きの文字が出てきた。

「吉屋静子」

丁寧な、どちらかといえば女性的な筆跡だ。住所と電話番号もきちんと書き込んである。

足立区綾瀬三丁目のカイゼルハイツ三〇三号室。

もう一度、手帳の最初から最後までめくり直してみた。ほかには、手書きの文字は見

つからない。最後のほうのページに、持ち主の名前とアドレスを書く欄があったが、そこも空白になっている。やはり、書き込まれているのはアドレス欄の吉屋という女性の名前だけだった。

自分の手帳のアドレス欄に、自分の名前と住所を書くということはないだろうから、この吉屋という女性は、手帳の持ち主の知人なのだろう。新品の手帳にぽつんとひとつだけ、真っ先に書き込まれるほどの親しい知人。

和也は『コレクション』を手に取った。華やかなグラビアで溢れた、贅沢な雑誌だ。さっと見ただけでも、いわゆる「大人の女性」向きのものだとわかる。載せられている広告も、海外ブランドものの化粧品や香水のそれが目立つ。この青い手帳の持ち主は、少なくとも、二十歳やそこらの女性ではないと考えてよさそうだ。和也の頭のなかに、仕立てのいいスーツをすらりと着こなした落ち着きのある美人の──テレビで観るニュースキャスターみたいな──姿が浮かんできた。

それにしても、そそっかしい女性だ。雑誌はともかく、そのなかに手帳までさんで置いていってしまうとは。急いでいたのかな。

連絡して、返してあげようか……だけどそれには、唯一の手掛かりであるこの「吉屋」という女性に連絡して、持ち主が誰なのか教えてもらわなくてはならない。最近あなたのお知り合いで、手帳を新しくした方はいないですか？

和也はひとりで苦笑いをした。そんな電話をかけたら、話が本題に入りもしないうちに、イタズラだと思われて切られてしまうだろう。まあ、放っておくしかないか。高価なものじゃないんだし。

車内がざわついていると思ったら、中野駅に着いていたのだった。丸めた雑誌と手帳を握りしめて、和也はあわてて電車から降りた。

「お兄ちゃん、これなあに?」

その夜のことである。夕食のあと、新聞をざっと流し読んでいたら、都子が声をかけてきた。風呂あがりのつやつやした顔をして、いつ見ても和也にはヘンテコに見えるキャップをかぶっている。タオルドライやドライヤーでは髪が痛むので、自然に乾かすためのものなのだそうだ。うんちくはいろいろ聞かされたが、未だによくわからない。この、ひとの帽子みたいな黄色いそのキャップがそんなに髪にいいものならば、どうしておまえはしょっちゅう枝毛とりをしているのかと尋ねたら、失礼だとむくれられ、小遣いまでせびられたという苦い記憶があるだけだ。

都子が「これ」と指しているのは、例の『コレクション』である。和也が居間のマガジンラックのなかに放り込んでおいたのを見つけたらしい。

「何って、雑誌だよ。おまえ、読むだろう」

「そりゃあ、読むけどさ」都子はどさりとソファに腰を降ろした。「なんでお兄ちゃんがこんなもん買ってきたのよ」

「買ったんじゃないよ。拾ったんだ」

「拾ったぁ?」都子は、ただでさえ大きな目をさらにぐりぐりとさせた。「どこで?」

「電車のなか」

「ヤダ、網棚?」

「そうだよ。悪いか」

「みっともないよぉ」首にかけていたタオルで、都子は顔をごしごしこする。髪は駄目だが、顔はこすってもいいらしい。

「おまえが読むだろうと思って持って帰ってきたんだ。要らないならいいけどさ」

「要らなくはないよ」都子は急いで言った。

「自分じゃ買わないけど」

「なんだ、そりゃ」

「高いもん。それに、あたしにはまだ縁のない雑誌だしね。参考に、ちょっと見せてもらうだけ」

マガジンラックから『コレクション』を取り上げ、ぱらぱらとめくり始めた。

「やっぱりそれ、おまえとかよりも年上の女向きだよな？」

都子は高校三年生である。和也とは年子の妹で、百七十センチの長身だ。今はさすがに和也の方が大きいが、一時、身長でも体重でも負けていた時期があった。

「そうね。どうせ電車のなかで拾うなら、これからは『アンアン』や『ノンノ』にしてよ。あたしが就職したあとなら、『JJ』もいいけど」

「母さんとかでも、『コレクション』はあわないかな」

都子は、台所で動き回っている母をちょっと振り返り、吹き出した。

「お母さんは『家庭画報』じゃん。『コレクション』は、やっぱり二十代の後半から三十代ぐらいの女の人向けの雑誌だと思うよ」

そうだよな……と、和也は心のなかでうなずいた。また、すらりとした知的な美人を想像してみる。

和也は新聞に戻り、都子は雑誌をめくる。ページをめくりながら、ときどき「高い――！」とか「えー、これいいな」とか、ぶつぶつ言うのでうるさくて仕方ない。経済欄に、次世代ゲームマシンの販売競争の現状云々の特集記事があり、和也がそれに気をとられているあいだにも、都子はひとりで盛りあがっていた。

ゲームマシンの記事が気になるには、それなりの理由があった。高校時代のクラブの先輩が、大学を中退して仲間と興したソフト会社があり、ついこのあいだ会ったときに、

大学がつまらなくてブラブラしているのなら、うちで働かないかと誘ってくれているのだ。ゲームはやらないしコンピュータのプログラミングなんか全然わからないから——と断ると、車の運転ができればいいんだ、清掃会社のアルバイトなんかしてるより、ずっといいじゃないか、と言われた。で、少し考えてみますと答えたきり、そのままにしてある。

あのとき、先輩は、すぐにも大成功するというような景気のいいことばかり言っていたけれど、世の中不況であえいでいるのだし、ゲーム業界だってそうそう甘いものではないだろう。ソフトハウスなのに運転手が要るというのも、今ひとつピンとこない。要は力仕事を含めた雑用係が欲しいということなのだろうけれど……。

結局、俺はどうしたいのかなと、自分でも自分がわからなかった。授業には全然出ていないけれど、大学を辞めてしまおうというふんぎりはつかない。だいいち、辞めてどうなる？　和也の大学など、けっして一流とは言えないところだが、それだって、無事に卒業すれば就職先を確保する足がかりくらいにはなってくれるだろう。中退では、そ
れもおぼつかない。大学を辞めてまでやりたいと思うことがあるなら話はまた別だが、そんなもの、頭や心のなかを総ざらいしてみても、どこにも、かけらも、見あたらなかった。

高校の進路指導のとき、担当教師に言われたことを、ふっと思い出した。おまえも経

済学部志望か、これという目的もなくて、なんとなく大学へ行こうという男子は、みんな経済学部なんだよな――おまえ、何かやりたいことないのか？

「だけどもったいないなあ、ねえお兄ちゃん」と、都子が呼びかけてきた。「お兄ちゃん？　何ぼーっとしてんのよ」

「なんだよ、うるさいな」

「これさあ」都子は『コレクション』の表紙をぽんぽんと叩く。「千円もする雑誌だよ。こういうの、電車に置いて行っちゃうヒトってさあ……もったいないと思わないのかな」

千円もするのか。定価など見なかったので気づかなかった。

「最初から置いていくつもりはなかったんだろうと思うよ。忘れてったんだ」

「そうかなあ。だってぽんと網棚に乗せてあったんでしょ？」

「なかに手帳がはさんであった」

都子はえっと言った。「じゃ、返してあげなくちゃまずいんじゃないの？」

乱雑にめくっていた『コレクション』のページを、あわてて整え始める。

「イヤだな、そうならそうと先に言ってよ」

「都子の現金な言いぐさがおかしく、和也は笑いながら事情を説明した。

「だからさ、返しようがないんだよ。持ち主の名前はわかんないんだから」

「その吉屋ってヒトに連絡してみたら？」

「そこまですること、あるか？」

ちょっと考えるふりをしてから、都子は笑って首を振った。「ないわな、うん」

「かえって気味悪がられるのがオチだよ。逆の立場だったら、おまえだってそうだろ？」

「まあね。特にモノがモノだからね。手帳なんてさ」そう言って、都子は首をかしげた。

「でもさ、ヘンだね。女のヒトって、普通は網棚に荷物乗せたりしないよ」

「荷物ったって、雑誌だぜ」

「だったら余計に。だって、バッグに入れておけば済むことだもん。今、大きなバッグが流行してんのよ。肩からでっかいバッグさげて歩いてる女の子、いっぱい見かけるでしょ？」

都子の言うとおり、新宿でも渋谷でも、そういう女性たちをよく目にする。バイト先の中野の清掃会社で、和也に給料を渡してくれる経理課の女性も、一度帰り道を駅までいっしょに歩いたとき、一泊どころか二泊三日ぐらいの旅行に使えそうな大きな黒いバッグを担いでいた。

「それに、あたしはおかげさまでこんな大女だからさ」と、ちょっと口をとがらせて都子は続けた。昔気質の両親や親戚たちが、女の子はあんまり大きいと可愛くないと、時

折ひそひそ話しているのをちゃんと知っていて、けっこう気にしたり怒ったりしているのである。

「網棚に荷物乗せるのもそんなに大変じゃないけど、あれ、ひと仕事だよ。混んでるときなんか特にさ」

そういえば、今日いっしょに乗り合わせた中年女性のふたり連れも、デパートの紙袋をみんな足元やシートの上に置いていた。まあ、空いていたからということはあるだろうけれど。

「それにさ、雑誌持って電車に乗ったら、普通はそれ、電車のなかで読むじゃん？　雑誌も読めないくらい混んでたり、読んじゃって家に持って帰ろうっていうなら、手に持ってるか、女のヒトならバッグに入れとくよ。雑誌を網棚に乗せるのは、やっぱ、それ置いて帰ろうってときだけだよ」

和也は感心した。「おまえって、けっこう頭くないんだな」

「こういう、クダラナイことにはね」と、都子は先回りをした。「もっと言ったげよう

か。女のヒトって、雑誌買ったら必ず家に持って帰るよ。もともと、読み捨てにできる雑誌なんか買わないもん。コミックだって、ちゃんと持って帰るよ。帰ってから捨てることになっても、網棚に乗せて置いていったりしないよ。これ、あたしの経験から、ゼッタイ。『アンアン』とか、網棚に置いてあるの見たことないもん」

「そうかな……」

「そう。『コレクション』だって、網棚に乗せて置いていっちゃっていいような雑誌じゃないもん。千円だよ、千円。月刊誌だしさ。そういえば、月刊誌を網棚に置いていくなんて、男のヒトでもやらないんじゃない？　スポーツ新聞と違うんだからさあ。お父さんだって、『文藝春秋』、毎月ちゃんとウチに持って帰ってくるじゃん」

和也たちの父は、機械製造メーカーの技師をしている。現場の人間なのだが、その畑の雑誌や書籍より、一般のビジネス書や総合雑誌のほうが好きであるようだ。

「なるほど。で、おまえは何を主張したいわけ？」

都子はすました顔をした。「何も。ただ、ヘンだなって思っただけ。お風呂入れば？」

お勧めに従うことにして、和也は居間を出た。台所では母が、毎晩帰宅の遅い父のために、テーブルの上にひとり分の夕食をあつらえていた。明日風呂を洗うから、今夜はあまり浴槽のお湯の量を増やさないでねと声をかけられて、和也は生返事をした。

気鬱が続いていて、やる気が出なくて、ずっと大学には行ってません――とは、さすがに言い出しかねて、まだ両親には黙っている。和也が言い出さない限り、これからも気づかれずに済むだろう。落第したって留年したって、うまくごまかしてしまえるかもしれない。和也が十代も半ばにさしかかったころから、両親とは、家庭生活のなかで必要な会話以外、ほとんど言葉をかわさなくなった。友達に聞いても、みんな同じ様なも

のだというから、別段おかしなことではないのだろう。

風呂で頭を洗っていると、また腕が痛んだ。明日もまた新しい掃除機を使わねばならない。和也の担当地区内ではいちばん大きなマンションの床を磨く日なのだ。

床磨きや窓拭きや、清掃作業は嫌いじゃない。ひとりでやれるし、作業しているあいだは頭を空っぽにすることができるからだ。ずっとこの仕事をしてててもいいと思うこともある。両親も、下手な水商売のアルバイトより、身体も動かすし人にも喜ばれるし、いいんじゃないかと言っていたこともある。

が、それはあくまでバイトとしての話だ。授業に出ず、今は毎日清掃会社のほうに通っていて、重宝がられていますなどと打ち明けたら、父は真っ赤になって怒ることだろう。

湯船につかっているとき、父が帰ってきた気配がした。顔をあわさないようにして、和也は自室に入った。階下で都子が元気よくなにかしゃべり、両親が笑う声が聞こえてきたが、部屋から出ないでぼうっとしていた。

青い手帳は、自室の郵便ラックのなかに突っ込んである。寝る前に、もう一度取り出して、あの「吉屋」の名前を見た。電話をかけてみようかと、ちらっと思った。都子との話で、少しだけれど、持ち主に対する興味がわいてきたのだ。もしかして、男だった

りして……。

（ま、いいや、やめとこ）

男だったらつまらないしな。

青い手帳のことは、それきり、しばらくのあいだ忘れていた。捨てはしなかったけれど、頭のなかからは抜け落ちていた。

ちょうど一週間のちに、新聞記事のなかに「吉屋静子」の名前を見つけるまでは。

2

その日の和也は荒川区の町屋にある小さなマンションにいた。先輩社員の女性とふたりで、ロビーと床と外階段を掃除し、共同ゴミ集積所の片づけをしていたのである。巡回管理で掃除だけを請負っているマンションだし、四階建てと規模も小さいので作業は二時間ぐらいで終わってしまう。和也がロビーの掃除を済ませたところに、ゴミ集積所の片づけを終えて戻ってきた先輩が声をかけてきた。

「回覧のビラをもらっちゃった」

町内の自治会で出しているものだという。「放火にご注意！」と、ワープロ文字でタイトルが打ってあった。

「最近、この近所でヘンな放火が続いてるんですって。マンションも狙われてるから、

これをロビーに貼ってくれって、近所の人が」

文面を読んでみると、昨年暮れから現在までのあいだに、墨田・荒川・足立の三区内のあちこちで、合計十一件もの放火による火事が発生しているという。狙われているのは古い木造の一戸建てが多いが、マンションのゴミ集積所にも火をつけられることがあり、気づくのが遅れて被害が出たところもあると書いてあった。文面の下に、十一件の放火現場の所在地がリストにして町名まで書いてあり、もし不審者を見かけたらすぐ通報するようにと呼びかけている。

「このあたりから──」と、先輩はリストのうしろのほうを指しながら、「新聞にも載ったっていうのよ。だいぶ大きな記事になってたって。足立区のこのマンションのとき、初めて怪我人が出たんですって」

先輩のいう足立区のマンションは、リストの八番目にあった。火災が起こったのは五月十五日の深夜だ。

「気をつけなきゃいけないですね」と、和也は言った。「新聞、探してみましょうか」

ガラスのドアや窓を二度拭きするときに、古新聞を使う。新聞にはインクの油分が含まれているので、そうしておくとガラスが汚れにくくなるからだ。そんな次第で、和也の足元には、ゴミ集積所から持ってきた古新聞の山があった。

十五日夜の事件だから、十六日の朝刊を見ればいい。ふたりで探して、造作もなく見

つけることができた。社会面の隅に三段抜きの記事になって載せられていた。見出しに、

「下町で連続放火」

とある。燃えたマンションは綾瀬三丁目のカイゼルハイツといい、共同ゴミ集積所から

らあがった火の手が二階のベランダに届き、そこに積み上げてあった段ボール箱などが

燃えて大騒ぎになったのだという。

「だから、ベランダに荷物置いたらいけないんだけどねえ」和也の脇からのぞくように

して記事を読んでいた先輩が言った。「怪我をしたの、この二階の部屋の人みたいね」

だが和也は別のことを考えていた。綾瀬のカイゼルハイツ――どこかで聞いた覚えが

あるぞ――

あっと思った。青い手帳だ。「吉屋静子」という女性の住まいが綾瀬のカイゼルハイ

ツだったじゃないか。

朝刊を先輩に押しつけるようにして、和也はその日の夕刊を探した。続報が載ってい

るかもしれない。

「どしたの？」

「いや――このマンション、オレの知り合いが住んでるんです」

「え、ホント？」

くしゃくしゃになっている夕刊を探し出した。急いで社会面を開く。なめるように紙

面をチェックしてゆくと、あった！　朝刊よりずっと小さな記事だ。

正確には、それは火災の続報ではなかった。怪我人ふたりを出したカイゼルハイツの火災が鎮火したあと、消防署と管理会社で入居者の安否を確かめてみると、所在不明の女性がひとり出てきたというのである。

それが、三〇三号室の吉屋静子だった。

新聞を握ったまま、和也は啞然とした。いったいどういうことだろう、これは。記事によると、吉屋静子は火災のずっと以前から姿を消していたらしい。室内には家財道具もそのままになっているが、本人の所在はまったくつかめず、連絡もとれないという。

警察では、放火とこの件は別物であるが、吉屋静子については、不審な失踪事件である可能性もあると見ていると、記事は結んであった。

じんわりと、背中が寒くなるような感じがして、和也はしばらく、記事の「失踪」の活字から目を離すことができなかった。

「変な話ね」和也の手のなかの新聞と、彼の顔とを見比べながら、先輩が言った。「放火があって、偶然、失踪事件がわかったってことかしら。ねえ田中君、大丈夫？」

まばたきをして、和也は先輩の顔を見た。

「すいません、今日の日報、先輩に任せていいですか。オレ、ちょっとここへ行ってきたいんですけど」

町屋から綾瀬まで、電車で十数分の距離だ。綾瀬駅前で書店を探し、足立区の住居地図を買う。その場で調べてみると、カイゼルハイツはちゃんと載せられていた。ここから歩いていける距離だ。

道筋はわかりやすく、迷うことはなかった。カイゼルハイツは大きな道路に面した七階建てのマンションで、外壁は煉瓦色、まだ築浅の感じがした。建物の下のほうに、青いビニールシートが掛けられており、風にひらひらしているのが見える。近寄ってみると、そのシートで覆われている部分が共同ゴミ集積所だった。火災で焦げたあとを修復中なのである。作業員がひとりいて、こてでしきりとコンクリートを練っている。

正面玄関をのぞいてみると、オートロック方式のドアの脇に、郵便受けが並んでいる。三〇三には「吉屋」の名札が出ていた。ちゃんと活字で書かれた名札だ。鍵のかかる郵便受けだが、受け口のところからのぞいてみると、なかには小さなチラシの類が散っているだけで、ほとんど空の状態だった。

管理人室は郵便受けの左側にある。カーテンの降りた小部屋の窓の内側に、「本マンションは巡回管理体制です。緊急の場合は下記へご連絡ください」という札が立てかけてあった。「東都住宅管理（株）業務第二課」。電話番号は都内のものだ。

いったん玄関を出て、さっきの作業員のところへ戻った。コンクリートをこてでなら

して煉瓦を壁に張りつけている。

「すみません、あの、このマンション、半月くらい前に放火のあったところですよね」

作業員はこちらを振り向いた。三十代半ばというくらいの年齢だろうか。真っ黒に日焼けした健康そうな顔をしている。

「そうだよ。ここが燃えたわけ」と、思いのほか気軽に答えてくれた。

「そのとき、行方不明の女の人がいたとか、新聞で読んだんですけど、その後、その人帰ってきたんでしょうか」

「さあて……知らないけど。管理会社に聞いてみたらどう?」

「隣の部屋の人とか、知らないでしょうか」

駄目駄目というように、作業員は空いている左手をひらひらさせた。

「ここはさ、昼間はほとんど誰もいないよ。みんな勤めに出ちゃってるから。俺も、ここに来て一週間くらいになるけど、ほとんど誰にも会わないもんな」

ありがとうと声をかけて、和也は玄関ホールに戻った。管理人室の電話番号を頭に入れて、近所で公衆電話を探した。

カイゼルハイツの件でと言うと、電話はすぐにつながった。直接の担当者は不在だったが、その上司の人だとかで、和也が口を開く前から、先んじるように早口で、ゴミ捨て場の修理はあと二、三日で終わりますからと言った。どうやら、修理に手間取ってい

るという苦情が多いようだ。

「いえ、そうじゃないんです。あの……火事があったとき、三〇三の吉屋さんの居所が

わかりませんでしたよね。その後、わかったかどうか教えていただけないかと思って」

　相手はちょっと沈黙した。それから、やや改まった口調で、「あんた、お知り合い？」

と訊いた。

　本当のことを話しても、やっぱり気味悪がられるだけだろう。ここはやはり、知り合

いで通そう。

「ええ、まあ。ただ、そう親しくはないんです。吉屋さんがいなくなったことも、ずっ

と知らなくて」

「居所を知りたいわけ？」

「戻ってきてるなら、それでいいんです」

「戻ってはきてないよ。ずっと行方不明」

　そうか……。

「家賃とか、どうなってるんでしょう」

「あそこは分譲だから。管理費も、ちゃんと口座落としでいただいてますからね」

「じゃあ、形としては、吉屋さんはただ留守にしてるってことになってるんですか」

「そうねぇ」　相手は長い鼻息を吐いた。「それでご近所から苦情が出るわけじゃないし

　ね」

「警察は？」

「火事のあったときは気にしてたけど、今はどうかな。探しているって話は聞いてないですよ。いつ本人がひょっこり出てくるかも知れないんだからね。そのまんまじゃないの」

「カイゼルハイツの担当の方は、何時ごろなら社におられますか」

伝票をめくるような音がして、ちょっと間が開いた。「一応、四時には戻ってくることになってるけど。会いたいの？」

「はい。うかがってもいいですか」

「かまいませんけどね。ただ、うちでは、カイゼルハイツの清掃を受請ってるだけだから、入居者の詳しいことまでわかるかどうか……。担当は土田っていいます。失礼だけど――」

「あ、僕は田中です」

こういうとき、ありふれた名字は困る。まるで偽名みたいに聞こえてしまうからだ。

「本当に田中です。田中和也っていいます」

はいはいと笑って、相手は電話を切った。

カイゼルハイツの担当者の土田氏は、和也の父親ぐらいの年齢だった。小柄でがっち

りとした体格で、頭は丸刈り。柔道でもやっていそうな感じがする。和也があまりに若

いので、最初はちょっと驚いたような顔をした。

「吉屋さんのお知り合いだっていう話だけど、どういうご関係？　身内ですか」

「いえ、そういうわけでは。知り合いの知り合いっていってくらいの関係です」

　実は俺、吉屋さん本人の顔も知らないんですよとは、まさか言えない。

　土田はもう帰宅するところだとかで、ふたりは、東都住宅管理会社のロビーの一角で

立ち話をしていた。そばに椅子が数脚と灰皿があり、小さなテーブルに花が活けてある。

来客用の喫煙スペースであるようだ。

「あいにくだけど、あたしは吉屋さんのことは何も知らなくてね。顔をあわせたとき挨

拶するくらいだから。あそこは巡回管理だからさ」

　和也はうなずいた。「よくわかります。僕もこちらみたいな管理会社で働いてるから」

「へえ、そうなの。若いのにさ。学生さんじゃないの？」

「土田の笑顔が親しみを帯びた。学生なんだけど、五月病の登校拒否ってヤツでして

——などと言ったら、逆にこっちのことを聞き出されそうだ。

「学生です。だからバイトで」

「どのへんを回ってんの？」

「僕も荒川とか墨田、台東のあたりです。　家が江戸川なんで。　会社は中野だけど」

「手広くやってるところなんだねえ」

土田は上着の内ポケットからタバコを取り出すと、火をつけた。キャスターだった。ノーネクタイの軽装で、足元は運動靴履きだ。和也のいる会社でもそうだけれど、この

くらいの年齢で、住宅管理会社の外回りをしている男性というのは、不景気で会社が倒産したとか、リストラにあって、仕事にあぶれて、とりあえずつなぎで働いているという人が多い。が、土田はその種のタイプではなさそうだった。一日の仕事を終えて、実に旨そうにタバコを吸っている。

週に何度か掃除にゆくだけの土田が、吉屋静子のことをよく知らないのは当たり前のことだ。　和也は方向を変えることにした。

「カイゼルハイツ、まだ新しいし立派な建物だけど、分譲マンションだそうですね。吉屋さんはまるっきり独りで住んでたんでしょうか」

「そうだと思うよ。はっきりとはわからないけどさ」

「吉屋さん、若いのにすごいですね。自力であんなマンション買うなんて」

当たりがあった。　土田は興味を示してうんうんとうなずいた。「そうだよなあ。せい

ぜい三十二、三てところだろうにさ。あの人、働いてる様子もなかったんだけどね」

「いつもマンションにいたんですか」

「そう。あそこは部屋が小さくてね。ファミリータイプがないの。ほら、今さ、若い女の人がマンション買うのが流行ってるだろう？　そういうのをあてこんで建てたやつなんだ。だから、昼間はみんな働いてるからほとんど誰もいなくて、あたしも掃除が楽だったんだけど、吉屋さんとはわりと頻繁に顔をあわせたよ。平日の昼間でも家にいたし、買い物から帰ってきたところをばったり会ったりしたしね。いつもちゃんとした身なりをしててさ。きれいな人だよね」

和也は曖昧にうなずいた。頭のなかにちらりと、最初に青い手帳を拾ったときにも思い浮かべた、すらりとした知的な女性の面影がよぎった。

「出かけることなんか、ありましたか？」

よく在宅していたと言っても、たとえば家ででできる仕事をしていたのかもしれない。収入源はどこにあったのだろう。

「さあ……わかんないなあ」

「吉屋さんが行きそうなところとか、心当たりは──」言いかけて、土田が首を振るので、

「ありませんよね、あるわけないや」

「住み込みじゃないからねえ」と、土田は笑う。笑うとしわしわの顔になった。

「近所づきあいとかはしてたかな」

「ないんじゃないの。あれば、火事なんかなくても、もうちょっと早く、吉屋さんがいないことがわかってたろうから」

火災のあったときには、消防署員がひとつひとつ部屋のドアを叩いて回り、住民の安否と所在を確かめた。吉屋静子の部屋は応答がなかった。そこで翌朝連絡をとってみたのだが、電話にも応答がない。

「ゴミ捨て場が焼けたとき、だいぶ煙が出たしね。あとでちょっとガス漏れ騒ぎみたいなのがあってさ。ちょっと嫌な感じになって」

午後になっても電話は通じず、消防署と管理会社とで相談して、業者を呼び、吉屋静子の部屋を開けてみることになった。そのときには、土田と、最初の電話に出てくれた上司が立ち会ったという。

「ひょっとしたら海外旅行に出てるとかいうことだってあるからさ。あたしは、そこまでするのは大げさだと思ったんだよ。実際、今でもそう思ってるよ。だって、部屋のなかきれいになってたからね。ゴミもなかったし、冷蔵庫のなかなんかきちんと空にしてあってさ」

「なるほど」

それなら、長期の旅行ということは充分にあり得る話だ。ひとり暮らしの人間が家を空けるとき、そのくらいの用心はしても不思議じゃない。

「じゃ、なんで警察が出てきて、失踪なんて話になったんだろ？」

「あの火事、連続放火のひとつなんだろ？　それで警察も来たんだよ。失踪なんて話になったのは、吉屋さんが女のひとり暮らしだからじゃないの？　最近、物騒な事件が多いから」

あっさりと言ってから、「ああ」と声を出し、土田はあわててタバコを消した。

「そうそう、留守番電話のことがあったな」

吉屋静子の部屋には留守番電話が備え付けてあったのだが、その留守録音のスイッチが入っていなかったというのだ。

「旅行とかで家を空けるなら、スイッチを入れていくだろうって、警察は言うわけよ。だけど、たまたまスイッチをちょっと引っかかりますねえって。だけど、たまたまスイッチを入れ忘れただけかもしれないよなあ」

土田の知っている限りでは、その後警察が調べている様子はないという。確かに、その程度のことでは動きようもないのだろう。新聞記事になったのも、たまたま連続放火にからんで出てきた話なので、ちょっとミステリアスに見えたから——というだけの理由かもしれない。

「待ってりゃ帰ってくるんじゃないの。大きなトランクさげてさ」と、土田は気楽に言う。

和也も、初めて新聞で吉屋静子の名前を見たときほどの緊張感は感じなくなっていた。

火事があったのが五月十五日。それから二十日ほど経過しているが、ヨーロッパだのアメリカだの、長期のツアー旅行なら、それぐらいの日数はかかってもおかしくない。

ただ、やはりあの青い手帳は気になる。警察や消防署や土田たちと、和也は、その一点だけで立場を異にするのだ。新しい手帳にたったひとりだけ名前を記されていた女性が、今現在消息不明になっている。これは偶然だろうか？

「あんまりお役に立てなくて悪いけど」土田はちらと腕時計を見た。「まあ、心配しないで様子を見てたらどうかな」

そうしますと答えて、和也は頭を下げた。吉屋静子の行き先の見当がつかない以上、土田を引き留めても意味はない。

だが、東都住宅を出ていこうとしたそのとき、ふっと頭にひらめいたことがあった。カイゼルハイツは新しいマンションだ。それなら、あそこに来る以前、吉屋静子はどこにいたのだろう。彼女はどこから引っ越してきたのか？

「すみません、あとひとつ」振り向いて、面食らった顔をしている土田に訊いてみた。

「吉屋さん、カイゼルハイツの前はどこに住んでいたんでしょう」

　土田は笑い出した。「知るわけないよ、そんなこと」

　無論そうだろう。だが、和也には考えがあった。

「場所はご存じないと思うけど、あのマンション、新しいでしょう？　吉屋さんが引っ越してきたときのことは覚えてないですか」

「カイゼルハイツができたのは一年半くらい前かなあ。吉屋さんは、売り出してすぐに越してきたよ」

「そのとき、どこの引っ越し会社が来てましたか？　覚えてないですか？」和也は乗り出した。「ゴミ捨て場に段ボール箱とかが出てたでしょう？　覚えてないですか？」

　マンションに新しい住人が引っ越してくると、しばらくのあいだ、ゴミ捨て場に大量のゴミが出される。新しい家で使えなくなったり要らなくなったりした家具や備品の類も出るが、多いのはやはり段ボール箱だ。引っ越しの翌日に来て引き取ってゆくところもあるが、それでも、越してきた住民が一度にすべての段ボール箱を空けて整理することができるわけではないので、あとになってぼろぼろとおこぼれの箱が捨てられるのである。和也もそれで、巡回清掃をしている先のマンションで、引っ越しがあったと知ることが多い。

　土田は考え込む顔になった。うーんと声を出す。

「どうだったかなあ……」

「大手だったら限られてますよね？」

　土田は腕組みをしている。人の良いおじさんで、しかも仕事が同じとあって気を許したものだから、和也のペースに乗せられてしまっているのだろう。あんたこそ、吉屋さんの知り合いならそれくらいのこと知ってるんじゃないのと逆襲することもなく、一生懸命考えてくれている。

「リビナ引っ越しセンターだったかなあ……」

　と、自信なさそうに言った。「吉屋さんのときは荷物が少なくてさ。二トントラック一台しか来なくて——あのときあたしは掃除の日で——」

　うん、そうだとうなずき、土田の目が晴れた。「リビナだよ、間違いない。吉屋さんのあと、すぐに四階にも人が越してきてね。そのときもリビナで、あんたらも儲けるねえって話をしてさ、ゴミ捨て場に出てる三〇三の空き段ボールを一緒に引き取ってもらおうとしたら、金をとられるって聞いてびっくりしたんだから」

　リビナ引っ越しセンターは、テレビでも派手にコマーシャルを流している業界の一流会社である。引っ越し会社が仕事を請負う場合、客の転居元の住所地を担当している支店や支部から人が来るので、綾瀬地区の支部を当たってみても駄目かと思ったのだが、そこは大手のことで、顧客データはコンピュータ処理されており、探してもらうと、昨

年一月十五日祝日、綾瀬カイゼルハイツの三〇三号室へ転居した吉屋静子のデータは、すぐに出てきた。

電話を受け付けてくれた担当者に、なぜそんなデータを知りたいのかと尋ねられることはわかっていたので、和也はぬかりなく嘘をついた。こちらは金融会社の者でして、詳しい事情は申し上げられないのですが、現在の吉屋さんのご住所がどこであるか、確認がとれないものですから調べているのです——

吉屋静子には申し訳なかったけれど、様々な事情のからんだ引っ越しを扱うリビナ側には、この程度の言い訳でも通用してしまう。これもまた、今のアルバイトで得た経験を流用したものだった。和也が担当地区のマンションを掃除していたら、あまり目つきのよくない男がふたり訪ねてきて、ある入居者が今確かにそこに住んでいるのかどうか、以前はどこに住んでいたかわかるかなどと、ねちねち訊いていったことがあるのだ。

吉屋静子の以前の住所は川崎市宮前区。しかも、一戸建てだった。女性がひとりで一戸建てに住まうというのはちょっと考えにくい。この家は、吉屋静子の実家である可能性が高いと、和也はわくわくした。

リビナ側では電話番号までは教えてくれなかったので、急いで公衆電話ボックスを探し、一〇四にかけて、番号を探してもらった。

確かに、吉屋という名前でこの住所に登録があった。名義は吉屋信彦だという。男か。

父親だろうか。

教えてもらった電話番号をメモにとり、あらためて受話器をあげる前に、和也はちょっと手をとめた。時刻はそろそろ午後七時。知らない他人の家にかけるには、失礼でない時刻として、ギリギリの限度というところだ。だがそれ以上に、ふっと我に返るような感じで、自分はなんでこんなことをしているのだろうという疑問がわいてきたのだった。いよいよ「吉屋」という名前に手が届くという段になって、怖じ気づいたということもある。

手帳の件には、やっぱり引っかかる。だがしかし、もしも和也の漠然とした勘が当たっていて、吉屋静子の身の上に何か変事が起こっているということがわかったら、どうしたらいいだろう。余計な好奇心を働かせたために、とんでもないことに巻き込まれたら──

受話器の上に手を置いたまま、和也は強く頭を振った。

いや、ここで今さらぐずぐずしてはいられない。今の今、和也が吉屋静子を探さなかったら、彼女の身に何が起こっていても、ここ当分のあいだは誰も気にしないだろうし、探そうともしないだろう。それでは彼女が可哀相だ。火事騒ぎがなかったら、いなくなっていることさえ誰にも悟られることのなかった吉屋静子。和也には、どうしようもなくひとりぽっちの、孤独な女性の横顔が見えてくる。

受話器をあげると、宮前区の吉屋信彦の電話番号をプッシュした。　呼び出し音を聞いているあいだ、心臓がジャンプしたり縮んだりスキップしたりした。

「はい、吉屋です」

応答したのは、低い男の声だった。声優のようないい声だ。和也はちょっと気圧されて言葉を呑んだ。吉屋静子の父親にしては、ずいぶんと若い声だと思った。

「もしもし?」

渇いた喉をごくりとさせて、和也は口を開いた。「吉屋さんのお宅でしょうか」

「そうですが」

「静子さんはいらっしゃいますか」

ぷつりと断ち切られたような沈黙が来た。　和也は手の中の受話器を見た。

「もしもし、静子さんは——」

重ねて問いかけた言葉を遮るように、よく響く低音で相手は訊いてきた。

「静子に何かご用でしょうか」

では、彼女はいるのだ。　吉屋静子はこの宮前区の家の人間なのだ。和也は受話器をぎゅっと握った。「いきなりお電話をして失礼します。　実は、吉屋静子さんの落とし物を拾いました。手帳なんですけど……。それでご連絡してみたんです」

相手はまた黙った。和也は待った。

「その手帳に、この電話の番号が書いてあったわけですか?」と、相手はゆっくりと訊いた。怪しんでいるような口調だった。

「はい、そうです」と、和也は嘘――というか、経緯を省略した答えを述べた。

「そうですか……」逡巡するように、電話の向こうの男は間を置いた。「それはご親切に。しかし、静子は現在はここにおりません。今の住所は確か足立区のほうだと思いますが」

カイゼルハイツのことだろうか。

「そちらにはおられないんですか」

「ええ、そうです」と、相手は答えた。低い声が、さらにひそめたように遠くなった。「私は吉屋信彦と申します。静子は私の別れた家内なのです。今は独り住まいのはずですが。その手帳には、足立区の住所は書かれていませんか?」

3

吉屋信彦からはそれ以上のことを聞き出すこともできず、和也はいくらか悄然として家に帰った。

時間をおいてゆっくり考えれば考えるほど、手詰まりだなという感じがしてきた。半

日の調査でとんとんと吉屋信彦にたどりついたはいいが、そこから先は進みようがない。ひとつの手としては、吉屋信彦に手帳のことを正直に打ち明け、静子の実家に連絡して彼女の所在を確かめてもらうように頼む——ということも考えられるが、今の段階で和也がそれをするのは、いささか大げさだという気がしないでもない。

（それに……）

逆の目が出ることだってある。つまり、吉屋信彦が、別れた妻の行方不明の件に関わっているかもしれない、ということだ。これだって大仰に考えすぎかもしれないけれど、でも、純粋な可能性としては、ないこともないのだ。それを考えると、和也としては、あまり吉屋信彦を頼りにするわけにはいかない。それはいちばん、まずいことだ。

かといって、今警察へ出向いてゆくのはどんなものか。時期尚早だろう——と思わざるを得ない。和也の勘や心情と、それを他人がどう受け取ってくれるかということは、まったく別の次元の問題だ。

それに、家でじっくり考えてみると、和也自身にもあやふやなところが出てきた。確かに青い手帳は怪しいけれど、吉屋静子の部屋がきれいに片づけられ、冷蔵庫の中身まで整理されていた——という事実と秤にかけると、その怪しさも、いくぶん薄らいでゆる。仮に、彼女が彼女の意思に反して連れ去られた——という場合、連れ去った人間は、そこまでマンションの部屋をきれいに整えたりするだろうか。ドアさえ閉まっていたら、

なかで何が起こっていようと、誰にも気づかれる心配はないのだ。部屋のなかなんて、荒れ放題にしておいたって何の差し障りもない。きれいに片づけられているということは、部屋の主である静子自身が、ある程度の期間留守にすることを頭において、それなりの処置をしていったのだと考えたほうが、ずっと筋が通る。少なくとも、警察はそっちの説をとりそうだ。そうでなければ、留守番電話のスイッチに「おや？」と思った時点で、もっと積極的に動き始めていただろうから。

少し、様子を見てみるか——

和也は、この時点で和也にできる最善のことをして、しばらく距離を置くことにした。その最善のこととは、土田に連絡をとり、もしも吉屋静子が帰ってきたら、知らせてくれるようにと頼むことだ。

そうやって、今から三ヵ月、待ってみよう。自室のカレンダーを見あげて、和也は決めた。三ヵ月経ってまだ静子が行方知れずのままだったら、そのときは警察に行ってみよう。手帳の件も打ち明けよう。それだけの期間、ひとりの女性が消息を絶っているということになれば、警察も、今よりもう少し気を入れて、留守番電話のスイッチに引っかかりを感じたことも考え併せて、捜査にかかってくれるかもしれない——そう思った。

そうやって毎日を過ごしてゆく間に、吉屋静子の身の上に何が起こっているのだろう、

何を考えて、彼女は姿を消しているのか、あるいは、誰かに消されたのか——ブラシ付きの重い掃除機で床を磨きながら、古新聞で窓を拭きながら、大型のゴミバケツをホースの水で洗いながら、和也はときどき考えた。彼女は事件に巻き込まれ、ひょっとしたらもうこの世にはいないかもしれない。あるいは、和也には考えつかない別の事情で、単にカイゼルハイツを留守にしているだけなのかもしれないということを考えつつも、ついつい想像はそちらのほうへ転がってゆく。和也の想像力の範囲内に浮かび上がってくる、離婚して一年足らずの三十代の女性の、経済的には困っている様子はないにしろ、孤独で単調であるはずの暮らしを断ち切ってしまう理由には、どこをどうひっくり返しても、あまり明るい色はついていなかった。

だが、そんな状態で長く待つ必要はなかった。うっとうしい梅雨を通り過ぎた七月の半ば、和也のアルバイト先の清掃会社に、土田から電話がかかってきた。吉屋静子が戻ってきたというのである。

土田は、吉屋静子に、和也がカイゼルハイツを訪ねていったときのことを話しておいてくれた。知り合いが訪ねてきたという話をしたら、静子はひどく驚いて、それは誰かと土田に訊いたそうだ。あたしには、心配して探してくれるような人はいないはずだ、と。

　土田は、和也の連絡先として清掃会社のほうの電話番号を教えた。だから、静子からの電話もそちらにかかってきた。

　思ったより、ずっと高い声だった。和也の想像する落ち着いた雰囲気の美女の喉からは、ちょっと出てきそうにないタイプの声だ。そのせいか、最初に電話に出たときにはひどくどきどきしたのに、話しているうちに気分が静まってきた。いくぶん、がっかりしたという気持ちがないでもなかった。

　和也は正直に事情を話した。手帳にも興味を惹かれたけれど、火災の件を新聞で見たとき、本当に驚いたと。静子は黙って聞いていたが、一度会えないかと申し出た。手帳も受け取りたいという。そこで、和也のほうから出向いて行く約束をした。早いほうがいいというので、では明日の午後に、と。

　家を出るとき、和也は妙に胸がときめいてしまって落ち着かなかった。新しいシャツを出して着込み、汗くさくないかと何度も自分を点検した。

　今日は土田の巡回日ではないらしく、カイゼルハイツの玄関ロビーは静まり返っていた。ゴミ集積所の焼け跡もきれいに修理され、青いシートもなくなっている。

　集合インタホンで三〇三号室を呼び出すと、すぐに返事があった。電話で聞いたのと同じ声が、今降りて行くから、と言う。

　玄関ホールのガラスの自動ドアの向こうを、和也はじっと見つめた。エレベーターの

ドアが開き、人が降りてくるのが見える。あれが、きっと――

和也のほうに近づいてくる女性は、長い髪を後で編んで、左の肩の上に垂らしていた。白いコットンパンツに、生成の麻のセーター。足元は茶色のベルトの革のサンダル履き。背は高いというほうではなく、痩せ気味で、華奢な印象を受ける。

「田中さんですか」さっきインタホンから聞こえてきた声が、和也に呼びかけた。「あたし、吉屋静子です」

「若い人なんでびっくりしたわ。まだ二十歳くらいでしょう」

カイゼルハイツの近くの喫茶店で向き合うと、静子は最初にそう言った。

「話し方が、割と落ち着いてたから」

和也はなんとも会話に困り、うつむいて、すぐにあの手帳を取り出し、テーブルの上に乗せた。

「これ、お返しします」

「どうもありがとう」静子はちょっと頭を下げ、それから手帳に手を伸ばした。

「ヘンな手帳よね。拾ったとき、びっくりしたでしょう」

和也は黙って、ちょっと微笑した。どういう顔をしていいのかわからない。静子は確かに美人だが、和也が想像のなかで会っていたような女性とは違っていた。何というか

　——もっと普通の感じがした。どこにでもいる、和也の年代から見れば、平凡なおばさんだ。土田の言葉に嘘はなく、静子は身ぎれいにしていたが、内側からはじけ出すような才気が感じられるわけでもなく、見とれるほど美しいというわけでもない。

　どこへ行っていたのかとか、この手帳に意味はあるのかとか、今まで知りたいと思ってきたことが、ぼうと薄れてゆくような気がした。和也は、自分自身の心のなかに、イメージで作り上げた「吉屋静子」の身の上を案じる一方、これが何かめざましい事件だったら凄いだろうなと期待する、無責任な部分があったことに気がついた。

　「あたし、一年くらい前に離婚しましてね」と、静子が言い出した。和也のほうから何か訊いたわけでもないのに、問われたから答えるというような、説明調の言葉だった。訊かれなくても言いたいのかもしれない。自分のために。話して聞かせる相手が欲しいのかもしれない。

　「慰謝料がわりに、前の旦那にここを買ってもらって、生活費ももらってるんですよ。だけど、そんなんでぶらぶら暮らしてるのが嫌になっちゃってね。それでちょっと家を出て、一からやりなおせるかどうか試してみようと思ったの」

　ちょっと肩をすくめ、アイスコーヒーのグラスに手を伸ばしたが、ストローに触れただけで、また手を引っ込めた。

　「吉屋ってのは旦那の名字なのね。あたしも、思うところがあってそのまま名乗ってる

んだけど、……あの家を離れてるあいだは、旧姓に戻してたんですよ。佐原静子ってい

います。で、勤め先を探して、アパートも借りてみてね」

でも、結局うまくいかなくって、ちょっと笑った。

「で、戻ってきたの。最初から、駄目ならここへ帰ればいいんだからと思ってたし。ま

あ、そんな考えだから、独りでやりなおすことなんかできなかったんだろうけどね」

「火事のことは知ってましたか?」やっと言葉を見つけて、和也は訊いた。そもそもの

大本はそれなのだ。

「知らなかったの」と、静子は首を振った。

「だから、帰ってきたとき、土田さんに聞いて驚きましたよ。あたし、行方不明と思わ

れてたんですってね」

事情がわかってみれば、部屋がきれいに片づけられていたことも、留守番電話のス

イッチが入っていなかったことも納得がいく。静子としては、「吉屋静子」としばらく縁

を切ってみるつもりだったのだから、留守番電話など使うはずはなかった。

「手帳も新しいのを買ってね」と、静子は続けた。「なんとも少女趣味だと思うでしょ

うけど、そこに吉屋静子の名前を書いてみてね。佐原静子として独りでしっかり人生を

やりなおすことができたとき、吉屋静子って女を好きになることができるかどうか、ち

ょっと見てみたかったのよ。アドレス帳から消したくなるかどうか、ね」

なにせ、あのときの佐原静子には、吉屋静子しか知り合いがいなかったからねと言っ

て、彼女は笑った。

「佐原さんになっているあいだに、友達、できましたか？」

「できなかった」と、静子は穏やかに言った。

「だって、佐原静子としては、半年も保たなかったんだから。自分で働いて自分の食い

扶持を稼ぐことさえ難しくて、だからここへ帰ってきたんだものね。あたしにも一応の

決心があったから、佐原でいるあいだは、旦那からもらう生活費には手をつけないつも

りでいたんだけど、それじゃやっていかれなかったわ」

「あの雑誌……」と、和也は訊いた。『コレクション』ですけど、僕の妹が言うには、

女の人は雑誌を買ったら網棚に置いていくなんてことはしないって。ほんとに忘れて行

かれたんですか？」

静子は首を振った。「うん、置いて行ったの。わざとですよ」

結婚していたころ、『コレクション』は静子のお気に入りの雑誌だったという。吉屋

信彦は若くして成功した実業家で、暮らしは裕福だったから、『コレクション』でファ

ッションの情報を仕入れては、買い物に行くのが静子の習慣だったのだそうだ。

「そういう生活を長くしてたもんだから、あたし、一大決心をして佐原になって、安い

お給料でヒイヒイいってるときでも、ひょいと『コレクション』を買っちゃったんです

よ。買ってパラパラめくって、だんだん自分が嫌になってきてね。バッグに突っ込んで
——。でも、降りるときになって、思い切って捨てていっちゃおうと思って、網棚に乗
せたの」

バッグに突っ込んだとき、なかに入れておいた手帳が、『コレクション』のページの
あいだに挟まってしまっていたことに、まったく気づかなかったという。で、そのまま
雑誌ごと網棚に乗せてしまっていたというわけだ。

わかってみれば、なんということもない話だった。和也は黙ってうつむいていた。

「人間、なかなか新しくなれないものね」と、静子は言った。「手帳は新しくできるけ
ど、人間は駄目だわ」

静子とは、三十分ぐらい話しただけで別れた。もう会うこともないだろう。もともと、
会わねばならないほどのことでもなかったのだ。静子が今日会ってくれたのも、彼女が
依然として寂しい身の上にあり、話し相手が欲しかったからだろうと、和也は思った。

「心配してくださって、ありがとう」

別れ際の静子の言葉が、嬉しいというより、悲しい響きをもって、和也の耳に届いた。

独りで電車に揺られながら、和也は考えた。

佐原静子という存在に戻って、独りで生きられるかどうか試そうと思ったという、吉

屋静子。彼女の試みは簡単に挫折してしまったし、彼女自身、それを予想していた節がある。うがった見方をするならば、ふっとカイゼルハイツから消えたとき、静子の心のなかには、こうすれば別れた夫が心配してくれるのではないかという甘い感情があったのかもしれない。いやむしろ、独りでやりなおそうという決心よりも、そっちの気持ちのほうが大きかったのかもしれなかった。彼女が、思うところがあって吉屋の姓を変えない——と言ったとき、和也は、かすかな未練を感じたように思った。から。

それでも、あの青い手帳のアドレス欄に、たったひとりの知り合いの名前として「吉屋静子」と書き入れ、この女を好きになることができるかどうか見てみようと考えたときだけは、佐原静子は、本気で、自力でやり直そうと思っていたのだろう。少なくともその瞬間だけは、彼女は新しい人生を生きてみようとしていたのだろう。

でも、結局は戻ってきてしまった。手帳は新しくすることができるけれど、人間にはそんなことはできないと言って。書き直すことも、古いのを捨てて新品を買うこともできないと言って。

オレはどうなのかな——と、和也は考えた。オレも、新しい人間になることはできないのだろうか。ずっと倦怠感を引きずったまま、何の目的もなく、大学へ通うことができなくて、すべてが面倒くさくなって、逃げるようにアルバイトを続けて暮らしている

静子を嘲笑（あざわら）うことも、弱い人間だと決めつけることも、どちらも簡単だ。だが、車窓を行き過ぎてゆくにぎやかな街並みを眺めながら、和也は、ひとつだけ、静子を見習わなくてはならない部分がある、と気づいた。

彼女が試してみようとしたことだ。少なくとも、トライしてみたことだ。今の暮らしと縁を切って、新しい人間になろうと試みたことだ。たとえ失敗したとしても、何もしないよりはいい。それなら、逆戻りしたとしても、試みる以前とまったく同じにはならないんじゃないか。

オレにも、それができるだろうか。

明日、御茶ノ水駅で降りてみることができるか。たとえ大学へは足を向けることができなくても、駅に降りて、考えてみることができるか。本当にこれでいいのかな、と。ただ逃げて、結論を先延ばしするだけではなく。

もう少し、ほかの道を探してみてもいいんじゃないかな、と。

考えてみれば、オレも失踪中みたいなもんだもんなあ……。

和也はちょっと苦笑した。沈んでゆく夏の陽が、赤々と車内を照らしている。帰り道、オレも文房具屋に寄って手帳を買おうか。そしてそのアドレス欄に、「田中和也」と書き込んで、そいつを好きになれるかどうか試してみようか。

だけどその場合は、くれぐれも、それを網棚に置き忘れていかないようにしなくちゃ。

そう思って、和也はひとり、微笑した。

八月の雪

1

階下で電話が鳴っている。

石野　充は、ベッドで仰向けになり、頭の下で手を組んで、天井とにらめっこをしていた。姿勢はそのままに、電話のベルの回数を数えていた。一回、二回、三回──今度で六回目だ。母は出かけているらしい。今日は病院へ行く日ではないし、集まりもないから、たぶん買物だろう。三十分もすれば戻ってくるはずだ。

電話のベルは十回まで鳴り続け、そこで切れた。エアコンの音が聞こえるだけの、静かな部屋。外の気温は三十度を超しているはずだが、室内は少し寒いほどに冷えている。充は顎の下まで毛布を引き上げていた。

天井を仰いだままあくびをもらした。カーテンを閉めきってあるので、薄暗い。時折、

そんなことをしているとますます気分が暗くなるからと、きた母が、強引に開けてゆくことがあるが、ひとりになると、掃除のついでに部屋に入ってまう。もちろん、窓も同じだ。空気を入れ替えたいと思うときは、充はすぐにまた閉めてる。外の空気も、風も、それにのって運ばれてくる物音も人の声も、充には用のないも廊下側のドアを開けのだった。

また、あくびが出た。こうしてぼんやり天井を見あげていても、ちっとも退屈だとは思わないのに、どうしてあくびなんかが出るのだろう——と思っていると、また電話のベルが鳴り始めた。

しつこい。

ちらりと横目で見ると、充の部屋の壁に取りつけられているホームテレホンの子機の着信ランプも点滅している。呼び出し音のスイッチをOFFにしてあるだけのことなので、電話に出ようと思うなら、わざわざ階下まで降りてゆく必要はなかった。

だが、充はベッドから動かなかった。仰向けになったまま、腕も動かさなかった。

ベルが十三回目を数えたとき、慌ただしく玄関のドアを開ける音と、廊下を走る足音が聞こえてきた。ベルは十五回と半分鳴った。それから、「はい、石野でございます」と、母の声が応えるのが聞こえた。息を切らしていた。

「すみません、買物に出てまして」

それから母は、「え」と短く叫ぶような声をあげた。

「いつからですか」「ええ、わかります」「はい、とにかくすぐ参ります」そんなような

ことを二、三度やりとりしただけで、ほんの二分もしないうちに、母は電話を切った。

充の部屋の子機の着信ランプが消えた。そして、すぐにまたついた。母が受話器を取り

上げたのだ。

なんだろう……と、充は初めて思った。頭の下から腕を抜き、それで身体を支えて起

き上がった。

下から声が聞こえてくる。えらく早口だ。焦ってる。

「あ、営業第二部の石野をお願いいたします。家の者です」

会社にかけているのだ。父のところに。充は事情を察した。さっきの電話は、病院か

らだったんじゃないか。

電話を終えると、母が階段をあがってきて、充の部屋のドアをノックした。事故以来、

何かいいことがあったとしたら、これだけだった。事故に遭う前は、どれほど強く、喧

嘩ごしで主張しても、母は、充の部屋のドアをノックなしに開けることをやめようとし

なかったが、今は違う。癇癪持ちの社長に仕える新米の秘書のように、おずおずとノ

ックをしてくれる。

「なあに」と、充は声をあげた。ドアが開いた。母が顔を出した。口元が歪んでいる。

充の勘は当たっていたようだった。

「今、報せがあったの」と、いきなり言った。

「おじいちゃんが亡くなったって」

充は黙って母を見ていた。母もそれ以上は何も言わなかった。が、不意に目を伏せる

と、急に泣き声になった。

「悪いことばっかり続くね」

そう呟き、エプロンの端で目尻を拭った。強くこすったせいで、まぶたが赤くなった。

「お父さんは打ち合せに出てて、いなかったの。伝言を頼んでおいたから、帰ったらす

ぐに病院に向かってくれると思うけど」

「そう」

「逸子さんのところに報せたら、母さんはすぐ病院に行くからね」と、母は父方の伯母

の名をあげた。

「わかった」

簡単な充の返事に、ちょっと間をおいてから、母は訊いた。「あんたも行く?」

「うちにいる。行くの、大変だから」

「タクシーで……」

「嫌だよ」

「そう」

母はうなずいて、目盛りの読み方のわからない秤（はかり）を見るような顔をした。

「ひとりで大丈夫？」

「うん」

「それじゃあ、頼んだよ」

そう言って、ドアを閉めかけた。充はそのまま待っていた。と、思っていたとおり、母はもう一度首を出すと、言った。「お願いだから、今日は電話に出てよ。おじいちゃんのことで、あっちこっちからかかってくると思うから。ね？」

充は返事をしなかった。ちょっと暗い顔をしてみせた。すると、母もそれ以上は何も言わなかった。

2

充が右足を失ったのは、今年の五月の末のことだった。

どうしてそんなことになったのだと問われたら、交通事故だ、四トントラックに撥（は）ねられて、右足の膝から下が、治しようもないほどひどい状態になってしまったのだと答えるだろう。そして、たいていの人は、それを聞くと、それ以上深いことは尋ねてこな

い。

が、もしもさらに、「どうして事故に遭ったの？」と問う人がいたなら、充は答えるだろう。「道に飛び出したんだ」と。

「どうして？」

「逃げてたから」

「なぜ逃げたの」

すると充は、肩をすくめるだろう。そして言うだろう。「殺されそうになったからだよ」と。

この春、充の入学した市立第三中学校は、地元で、それほど悪い評判のたっているところではなかった。いっとき、全国の中学校で校内暴力の嵐が吹きまくったころでも、ここではとりたてて目覚ましい事件が起こったという噂もない。

だから、充は運が悪かったのだ。めぐりあわせが悪かったのだ。充の開けたドアの向こうには、たまたまスズメバチがいた。ただそれだけのこと。

三中には、地元の四つの小学校から生徒たちが集まってくる。充が入学し、一年B組の出席番号三番の生徒となったとき、ひとつ前の二番の生徒は、充とは違う小学校からあがってきた生徒だった。そこは、充の小学校からは、地区内ではいちばん遠いところに位置している学校であり、交流もまったくなく、情報も入ってはこなかった。

だから、充はまったく知らなかったのだ。その二番の男子生徒が、まるで沼地の蛭の
ようにしつこく、それでいて理由のない敵意にとりつかれているということを。そして
彼にとりついた蛭は、彼が死んでしまうまで、けっして離れようとはしないのだという
ことも。

彼の名は、飯田浩司といった。やせぎすで色白の、女の子のように可愛らしい顔をし
た少年で、ひどく無口なヤツだった。そして、よく欠席をした。あとになって事情を知
れば、その欠席も無理のないものだったというこがわかったのだけれど。

入学して最初の一ヵ月は、出席番号順に座る。充は浩司のすぐ後に座り、日々彼の頭
のうしろを見て過ごすことになった。彼は、プリントを回すときとか、必要なとき以外
には、めったに振り向くことがなかった。

左隣に並んで座っている、女子の出席番号二、三番の少女たちは、どちらも明るい性
格で、すぐ充と親しく言葉をかわすようになった。彼女たちもまた、充とも浩司とも違
う小学校からやってきており、充と同じように、浩司の抱えている事情を知らなかった。

だが、さすがに女の子というのは情報通で、一ヵ月もすると、自分たちのすぐそばにい
る、異様に無口でうつむきがちの小さい男子生徒のことを、どこからか聞きつけてきた。

「飯田君、小学校でたいへんだったんだって。同じとこからきた子に聞いたんだけど」

最初にそんなふうに話してくれたのは、飯田浩司が欠席していた、ある日の放課後の

ことだった。掃除当番で、充は（かったるいなあ）と思いながら、だらだら箒を使って

いたのだった。

「たいへんだったって、何が」

「いじめられて」女の子は声をひそめた。「グループがいたんだって。飯田君のこと

じめる連中。彼さ、五年生のときに、それが辛くって家出したことがあるんだってよ」

それを聞いて、ますます掃除などどうでもよくなってしまった。

「そんなにひどかったのかよ」

「だって、お母さんが学校に直談判に行ったとかでさ。学校は転校するようにって勧め

て、だけど飯田君が嫌がったんだって。悪いことしてないのに逃げるのは嫌だって。ど

っちみち中学にあがればそういう連中とは別々になるしって。彼、私立を受けたんだよ

ね。だけど落ちちゃってさあ」

「それでここへ来たのかよ」

「そうよ。いじめグループといっしょ」

「最悪のパターンじゃんか」

小学校時代、どうせ自分は私立へ行くんだからと頑張ってきたことが、かえって裏目

に出てしまっていることだろう。

「いじめグループの連中って、うちのクラスにいるの？」

「ううん、クラスは別。だけど、そんなの気休めじゃない」

女の子は手で口元を覆ってさらに声を小さくした。「やっぱり、ひどいらしいよ。だからよく休むんだって」

充は、飯田浩司の華奢なうなじを思い浮かべた。

「どうして、あいつ、そんなにいじめられるんだろう」

とりわけ成績がいいわけでもなさそうだ。目立たない。つっぱり気味のグループにっついて歩き、顎で使われるようなタイプでもない。「飯田君、あたしたちともほとんどしゃべらないから、わかんないけど」

女の子は言いにくそうになった。

彼には軽い吃音癖があるのだ、という話だった。

「うちの叔父さんが、若いときそうだったんだって」と、女の子は続けた。「男の子に多いんだってね。でね、性格の優しい子がなるんだって。それに、叔父さんが言ってた。大人になると自然に治るってさ」

「ふうん」と、充は言った。「よそへ越境入学すりゃよかったのにな」

そのとき抱いた感想は、その程度のものだった。深入りするつもりもなかった。正直言うと、自分とは関係ないと思ったし、触らぬ神に祟りなしという気分でもあった。浩司はあいかわらず用のないときは振り向きもしなかったし、朝おはようと言うことさえ

なかった。彼は独りきりの世界に閉じこもり、自分を守っているようだった。そのせいかもしれないが、学校内の人目にたつところでは、いじめグループも彼にちょっかいを出すことがないようで、傍目からは、彼がそんな深刻な悩みを抱えているようには見えなかった。

五月の連休明けに最初の席替えがあり、充は浩司と離れた。そして、おかしなことが、彼と席が離れると、彼のことが気になるようになった。

あいかわらず、よく休む。いつも元気がない。先生にあてられたときくらいしか声を出さないし、クラブ活動にも参加していないのか、授業が終わると逃げるように帰ってしまう。あの女の子のつかんできた情報によると、どうやら、吃音を矯正するためのカウンセリングに通っているらしいという。

よくなってくれるといいなと、思うようになった。彼と話してみようかなと思うようになった。席が離れたから、いつもいっしょにいるわけではなくなった。たまに声をかけるくらいなら、親しい間柄だと見られて、いじめグループに目を付けられ、厄介ごとに巻き込まれる心配も少なくなっただろう。そういう計算もあった。

飯田浩司が鉄道自殺してしまったのは。

そんな矢先だった。

彼の死の直後から、三中の周囲には大嵐が巻き起こった。浩司は長文の遺書を残して

おり、彼の両親はことを公にし刑事告訴も辞さない構えにあって、学校側の大反対を押し切って、これを公開した。

充の思っていたとおり、浩司を苦しめていたいじめグループは、学校内では手を出していなかった。小学校時代に、それで問題が起こったことを教訓にしたのだろう。彼らが浩司をつけ狙うのは、登下校のときや休日に限られていた。浩司がクリニックに通う道筋も、当然のことながらターゲットになった。グループのほうにしてみると、校内の目立つところで浩司をいじめ、教師や周囲の生徒たちの注意を引くよりも、学校では無言で彼を威圧するだけにとどめ、外で存分にいたぶってやったほうが安全だということだったのだろう。この悪質さを、この事件を取り上げたいくつかのマスコミは、「大人顔負け」と評したが、充はそれを、鼻で笑ってやった。これくらいの知恵、誰だって持っている。

頻繁に金銭をたかられ、断ると殴られる。万引きさせられたり、繁華街に連れ出されて、通りすがりの女性に痴漢行為をしろと強要されたことさえあると、遺書には綴ってあった。いじめグループのメンバーの名前も書いてあったそうだが、もちろん、それは公開されない。彼らの顔を、声を、態度を知っているのは、生徒たちと教師たち、身近なところで彼らを見ている人間たちだけだ。

「いじめられるのが辛いから死ぬんじゃないです」と、浩司は書いていた。「こういう

世の中に、希望が持てないから死ぬのです」

　充たちは知る由もなかったが、浩司も彼の両親も、再三再四、学校に善処を求めていたらしい。だが学校側は、校外のことでは手の尽くしようがないと逃げるばかりで、あとはもう、とにかく転校してはどうかの一点張りだったという。

「どうして僕が逃げなければならないのか、納得がいきません」と、浩司は訴えていた。

「これから先もずっとこんな不公平なことばかりなら、僕はもう生きていたくない」

　ほかの何よりも強く充の心を打ったのは、この言葉だった。こんな不公平なことばかりなら、

　結局、親しくはならなかった。かわした言葉も、全部で十ことあったかどうか怪しいものだ。だがそれだけに、充は彼に借りをつくってしまったような気がした。

　だから、思わず口に出してしまったのだ。事件後三週間ほどして、放課後の廊下で、大声で騒いでいるいじめグループのメンバーを見つけたときに。

　浩司の死の直後は、さすがに彼らも神妙にしていた。一時は地元の警察も動き、学校関係者をはじめ、彼らに対する事情聴取も行なわれていたからだ。ところがそれが一段落し、浩司の両親の必死の頑張りにもかかわらず、刑事告訴の道が開けそうにないという見通しがついてくると、彼らは俄然、元気を取り戻した。

　廊下にたむろし、数名の女子生徒をまぜて、彼らは陽気に騒い

でいた。何事もなかったかのように。飯田浩司など、最初からこの世に存在していなか
ったかのように。

自分でも気づかないうちに、充は彼らを睨みつけていたらしい。すると、その視線に、
彼らのひとりが気づいた。

「なんだよ、てめえ」と、いきなり言われた。大柄な身体にふさわしい、太い声だった。

「べつになにも」充は答えた。声が震えてないといいなと思いながら。「かばんを取り
にきただけだよ」

「さっさと帰んなよ」と、別のひとりが言った。「のろついてんじゃねえよ、クズ」

やめなさいよと言うように、女の子のひとりが彼の袖を引いていたのを覚えている。

それは記憶に残っている。だが、

「クズはおまえらのほうだろうが」

と言い返した自分の声がどんなふうだったか、未だに思い出せない。本当にこの自分
がそんなことを言ったのかということにさえ、自信がない。

自分が彼らを挑発したのだということは承知していた。だから、彼らがいっせいに顔
を歪めて立ち上がり、向かってきたときには、後も見ずに逃げだした。

幸か不幸か、階段を一階分降りて、短い廊下をつっきると、そこはもう通用門だった。

びっくりしたような顔をしている同級生たちとはすれ違ったが、先生の顔は見かけな

った。おそらく、それだからこそ、充が通用門から外へ飛び出しても、彼らは追いかけてきたのだろう。大人に見られていないから。

門を飛び出し、大通りに通じる一車線のスクールゾーンを全力で走りながら、充は一度だけ後を見た。びっくりするほど近くに迫っている連中の顔と、そのひとりがポケットに手をつっこみ、むしりとるようにしてナイフを取り出すのを見た瞬間、頭のなかが真っ白になった。つかまったら刺される。あいつらは本気なんだ。

「ぶっ殺してやる!」と、誰かが叫んだ。充はそれを、たしかに聞いた。その声だけは、死に物狂いで踏んだ急ブレーキの音にもかき消されはしなかった。

充が大通りに飛び出し、四トントラックの目の前に躍り出たとき、トラックの運転手が

こんな不公平なことばかりなら。

事故後の処理は——そう「事故」、前回は自殺で今回は事故、誰にも責任はない——飯田浩司のときと同じように不公平で、徹底を欠いたものだった。

救急車で担ぎ込まれ、手術、入院、リハビリテーション。学校は休学だ。だが、充がそれだけの思いをしているあいだにも、あの連中は、また廊下でバカ笑いをしていたのだろうし、夏休みに入ってからは、クラブ活動だの合宿だの海水浴だので、せいぜい忙しい日々を過ごしているのだろう。

見舞いに来てくれた友達の話だと、刑事に、なぜナイフを持っていたのかと訊かれた
ヤツは、「飯田君のことがあって、僕らが悪いヤツだとみんなに思われているので、僕
らがいじめられるかもしれないから、身を守るために持っていました」と答えたそうだ。
そんな返答が通ってしまう。そして充は右足を失い、こうして天井をながめている。逃げ
ときどき、飯田浩司のことを思い出す。彼の細いうなじを。うつむいていた顔を。
るように校門を出て行くうしろ姿を。

こんな不公平なことばかりなら、オレももう、世の中とかかわるのはやめるよ。
早く立ち直れと、みんなは言う。元気を出せと。努力をしろと。どうして、そんなこ
とをしなければならない？　なぜだ？　なんで、これほどひどい目に遭ったうえに、充
が死力をふりしぼらなければならない？

一方で、連中はしゃあしゃあと生きているのに。誰に罰せられることもなく、笑った
り遊んだりしながら。学校は楽しいかい？　ガールフレンドはできたかい？
世の中なんてこんなものなのだ。平気で他人を犠牲にするような連中が大手を振って
生き延びる。他人なんていくら傷つけてもかまわない、自分たちさえよければいい、オ
レはなんにも悪いことしてないぜ――という人間が、あっけらかんと、いい思いをする。
わりを食った側は、泣いてもわめいてもなんの足しにもならない。で、どうなる？
どうもならない。自分でなんとかするしかない。どれほど損害を受けても、誰も賠償な

どしてくれない。

だから、充は心に決めた。

公平に扱われないのなら、一生天井を見上げて暮らしていたほうがいい。誰にも会わず、話もしないで暮らしても、淋しいとも思わない。電話のベルなどうるさいだけだ。母さんにはああ頼まれたけど、電話に出るつもりなんかない。それで誰も怒りもしないだろう。

葬式の手配なんて、勝手にやっていればいい。充は関係ないのだ。

母が「おじいちゃん」と呼ぶのは、父方の祖父のことだ。八十二歳で、去年の春先に脳溢血で倒れ、以来、ずっと病院にいた。身体は麻痺しているし、意識もはっきりしなくて、むろん寝たきり状態だった。心臓が丈夫なのでこれまでもってきたが、今年の年明けには、いよいよいけないかもしれないと、主治医の先生から警告があった。その状態から、今の真夏のまっさかりまでもったなんて、奇跡みたいなものだ。

充の心が冷たいから、そんなふうに考えるのではないと思う。父も母も、今年に入ってからはずっとそんなことばかりを言っていた。諦めがついていたからだ。身体のあちこちにチューブをさしこまれ、干涸びて小さくなってベッドの上にくちゃくちゃっと寝ているおじいちゃんを見るに忍びなくなってきたからだ。つまり、充は、生まれたときから父方のおじいちゃんとおば

充の父は長男で、姉さんがひとりいるだけだったから、結婚するとすぐに、実家に戻って両親と同居を始めた。

あちゃんに囲まれていたのだ。

六年前、充が小学校にあがった年に家屋を建て替え、その新築祝いも済まないうちに、おばあちゃんが心臓発作で亡くなった。以来、おじいちゃんは、倒れて入院するまで、家の一階の南側の座敷にひとりで住まい、食事のときしか充たちとは顔をあわさないが、特に孤独という様子でもなく、終日テレビを相手の、ごくのんびりとした静かな余生を送ってきた。ボケてはいなかったが、少し耳が遠く、目はずいぶん悪くなっていて、なんだか、薄いベールのようなものをかぶって、世の中から皮一枚へだてられたところで暮らしているような様子に見えた。

おじいちゃんが入院していた病院は、専門の老人病棟を持ち、完全看護の体制が整っていたから、母も体力的にはそれほど辛い思いをしないで済んだようだった。やはり、入院が長引くと、精神的に参ってしまうことは多かったようだ。自分の実家に電話をしては愚痴をこぼしたり、急に高い買物をして、父と口喧嘩したりすることもあった。ひょっとすると、こうなって、母さん内心はほっとしているのかもしれない。それだけに、さっき、急に泣き顔になったことが、充には意外だった。

僕だって、まったく悲しくないわけではないと、充は思う。だけど、おじいちゃんは、充にとって、いつもよくわからない人だった。元気なときにも話などしたことはなかったし、いっしょにどこかへ行ったという記憶もない。年寄りがいるから家族旅行もまま

ならないと、母がこぼしているのは聞いたことはあるけれど、ご飯の支度だけしておい

て、おじいちゃんを置いてきぼりにして出かけたことも何度かある。

それを怒る人ではなかった。怒った顔など一度も見たことがない。というより、生き

生きとした感情のある人間同士として付き合うには、充との年齢が、あまりに離れすぎ

ていた。

おじいちゃんを除き、家族三人だけで旅行に行ける——と思うと楽しい。でも、いざ

そうやって旅行に出てみると、置いてきぼりにしてきたおじいちゃんのことが気になる。

そして、そんな自分の気持ちをうっとうしく感じる。充にとって、おじいちゃんはそう

いう存在だった。

それでも、ごく小さいときには、おこづかいをもらったり、公園に連れていってもら

ったり、おぼろな記憶がいくつかある。だが、そういう記憶には、たいていの場合、そ

のあと母に文句を言われたり、叱られたりしたことがくっついている。甘やかさないで

くださいお義父さんというのが、母さんの口癖だった。それを言われるたびにおじいち

ゃんは、黙ってしわしわっと笑っていた——

悲しくないわけじゃない。今はそれどころじゃないだけだ。今の僕には、まわりのこ

となんかどうでもいいんだよ。

階下で、また電話のベルが鳴り始めた。充は頭から毛布をかぶった。うるさいな、と

思った。ベッドから出て、手摺りをつたって階段を降りて、階下の電話の呼び出しベルのスイッチを切ってしまおうか。父さんだって母さんだって怒りゃしない。今の僕が、どんな状態にあるかわかってるんだから、絶対に怒ったりしないさ。おじいちゃんが長くもたないことは、前からわかってたんだし。

でもそんなこと、実際にやろうと思ったらたいへんだ。もしも途中でバランスを崩し、転げ落ちたりしたら——

（まあ、それでもかまやしないけど）

捨て鉢に、そんなふうに考えた。それで死んだっていいんだよ。だけど、ベッドから出るのが面倒だから、出ていかないだけさ。

電話のベルから耳をふさぎ、充は毛布の下で丸くなった。すると不意に、なんの脈絡もなく、充がまだ入院しているとき、父がぽそりと言った言葉を思い出した。

「親父には早くよくなってほしい。せめて意識が戻ってほしいと思ってきたけど、おまえがこんなことになっちまった今は、いっそ親父が眠ったきりでいてくれてよかったと思うよ。親父がこのことを知ったら、どんなに悲しむだろうから。それだけは避けることができてよかったよ」

今さらのように、そんなのどうだっていいじゃないかと、充は思った。どれほど悲しもうが悲しむまいが、片足を失ったのは充なのであって、おじいちゃんでも父さんでも

ないのだから。　誰も、僕の身になって悲しむわけじゃないんだから。

3

　葬儀は滞りなく終わった。もっとも、充は通夜にも告別式にも出なかったので、詳し
いところはわからない。父も母も、とりたてて何も言わなかったので、スムーズに済ん
だのだろうと思っているだけのことだ。どのみち、外部からの会葬者などごく少なかっ
ただろうし、争いのタネになりそうな遺産などもないのだから、もめようもない。

　人前に出るのが嫌だという充に、両親も、強いて出席しろとは言わなかった。出れば、
集まった親戚や知り合いや、近所の人たちも、おじいちゃんのことなどそっちのけにし
て、充のことを話題にすることだろう。そんなふうに肴にされるのはまっぴらだった。

　部屋にこもって、毛布をかぶって、弔問や手伝いに来てくれた人たちの声を遠くに聞き
ながら、充は数日間を過ごした。

　半月ほどは、両親も、いろいろな後始末や挨拶などで、家を空けることが多かった。
充は独りでいることが増えた。

　皮肉なもので、そうして静かに落ち着いてみると、おじいちゃんの死に顔さえ見よう
としなかったことに、うしろめたさを感じ始めた。それはちょうど隙間風のような感情

で、なにかの折りにすっと心に忍び込んでくる。どこをどう閉め、どう断ち切ればこの風を閉め出すことができるのかわからないので、そういうときは、充は自分で自分の心をもてあますような気分になった。

ちょうど、そんなころのことだった。

遺品を整理していた母が、奇妙な手紙のようなものを見つけたのは。

「これ、何かしらね」

ベッドに横になり、本棚にあった文庫本をぺらぺらとめくっていた充のところに、そんなことを言いながら、母がやってきた。

「これって?」

母が差し出したのは、藁半紙のような黄ばんだ紙に、手書きで何か文章を記したものだった。折りじわが深くついて、折り目のところがすり切れている。

「おじいちゃんの部屋の押入のなかに、古い文箱があってね」

「フバコ?」

「手紙とかを入れる小さい箱よ。そのなかにあったんだけど」

「手紙だろ」と、充は言った。「ほかにもあるんじゃないの、そういうの」

「ほかのとはちょっと違うわよ。これはすごく古いものだしね。だいいち、母さんやあ

んたが知ってる限りでは、おじいちゃんは手紙なんか書いたことなかったもの。　年賀状

だって面倒くさがってたからね」

「昔は書いたんじゃないの」

「それがね、これ……なんだか、遺書みたいなことが書いてあるのよ」

母の言葉に、充も思わず身体の向きをかえた。「遺書？」

「そうよ。読んでみる？」

鼻先にぺらりとぶらさがっている紙切れを、充は手に取った。紙はしなしなで、ほん

の少し黴臭かった。

広げてみると、それは便箋だった。縦書き用の罫線が引いてある。もともと、真っ白

な紙ではなかったらしい。そのうえに、歳月が変色を加えているのだった。

そこに書かれている文章が、果たしておじいちゃんの手になるものなのか、こうして

見ただけでは、充には判別がつかなかった。そして、そのとき気づいた。これまで一度

も――長いことひとつ屋根の下に暮らしてきたのに――おじいちゃんの書いた文字を見

たことがなかった、ということに。

細いペンで書かれた文字であるようだった。あまり上手ではないが、大きくはっきり

と、一字一字書きつけてある。崩し字も使っていない。読みやすかった。

「此れが最後の手紙に成る。僕はいさぎよく死んでゆく覚悟で居ります。御兄上様にも

宜しく。後のことを頼みます。勝一郎」

この短い文章を、充は二度繰り返して読んだ。勝一郎というのは、たしかにおじいちゃんの名前だし、母の言うとおり、これが遺書めいたものであることもわかったが、あとはさっぱりだった。なんだ、これ。

「なに、これ」

「わからないよねえ」母も苦笑を浮かべている。「おじいちゃんの若いころのものだろうと思うけど。なんでこんなもの書いたのかしら。いさぎよく死んでゆく、なんてね」充の手から手紙を取り戻しながら、母は首をひねった。「戦争中のものかしら。それなら、わからないでもないけど」

「おじいちゃん、戦争に行ったの?」

「行ったでしょう」母は言い切ったが、口調はあやふやだった。「詳しくきいてみたことはないけど。あんまり、そのへんのことは話したがらなかったしね。いい思い出なんかないからって」

充は、正体不明の手紙のほうに注意を戻した。「これ、封筒はどうなっちゃったんだろう」

「文箱のなかにはなかったけどね。まあ、いいや。今夜お父さんに訊いてみましょうよ。おじ

何か知ってるかもしれないから」母は充の手から手紙を取り返すと、微笑した。「おじ

いちゃんの若いころにも、いろんなことがあったのよ、きっと」

　お父さんに訊いてみましょう——というのは、子供がある年齢に達するまでは、まさに切り札的な効果のある台詞だ。それが、文字どおりわからないことを訊いてみるという意味で使われたにしろ、ある種の威嚇をこめて使われたものであるにしろ。が、充くらいに育ってくると、そうはいかなくなってくる。充は、夕食の食卓で母がこの話題を持ち出したとき、父の反応を見て、すぐに（こりゃダメだな）と思った。僕らと同じように、父さんも何も知らないのだ。

「戦争中、親父が南方にいたことがあるってことは知ってるけど」と、くたびれたような顔つきで箸を使いながら、父は言った。「そういえば、あの当時のことは、ほとんど口に出さなかったなあ。普通だったら、こっちが辟易するくらい話したがることだろうに」

　言われてみればそのとおりだった。充の母方の親戚には、聞きたくもない昔話ばかり長々とする人たちがいる。

　おじいちゃんには、そういうところがなかった。いっしょにいるころには、もう歳で、昔のことなんか忘れてしまってるんだろうし、しゃべるのも面倒くさいんだろうとばかり思っていた。でも、おじいちゃんがまだ六十代、七十代くらいで、亡くなったころよ

りはずっと元気にあふれていたころからそうだったというのなら——

「終戦後の食糧難時代の話とか、ここに家を建てたころのこととかは、こっちのほうが暗記しちゃうくらい何度も聞かされたがね。戦争に関わることは、不思議なくらい何もしゃべらなかったなあ」

お茶をくれ、と、父が母を促し、新聞を広げたのをしおに、充は食卓を離れた。以前から、揃って夕食をとっても、そのあと話をするなどということは少なかったが、今は皆無と言っていい。何か話すと、傷をえぐりだすようなことになってしまいそうで、父も母も、そして充も、みんながビクビクしているからだ。薄い氷が張っている池の上にこわごわ足をおろし、氷がピシリと鳴る音を耳にして、大急ぎで引き返す——そんな感じだった。

脇の下に松葉杖をあてがい、ゆっくりと階段の下まで進む。階段をあがるときには松葉杖は要らない——というよりむしろ邪魔になるので、肩に担ぐようにして運んでゆく。ほんの半月ほど前までは、充がこうして階段をのぼり降りするときには、母が松葉杖を持ってついてきてくれたのだが、リハビリを担当してくれている医師の勧めで、近ごろはひとりでやるようになった。

「いつかは、独り立ちしなくちゃならないんだからね」と、その医師には言われた。

松葉杖は重いし。こうして階段をのぼり降りするのは骨が折れる。が、そのこと自体

は、さして辛くない。慣れということはあるものだし、いつかは独り立ちしなければな
らないということを、誰よりも、充自身がよくわかっているからだ。
　心に辛く、そして腹が立つのは、そうやって努力するのが当たり前なんだからやれ、
と強制されることのほうだった。
　たしかに当たり前だ、充が自分自身のためにやらねばならないことなのだから。一生
泣いて暮らしたって、失くした足がもどるわけではないのだから。
　だが、充がそうやって自分を駆り立ててゆくことの難しさを、誰が本当に理解してく
れているというのだろう。みんな、口を揃えて充を励まし、負けるな、頑張れ、自分の
ために立ち直れと言う。そして、充が怒ったり機嫌を損ねたりすると、とたんにオロオ
ロして、赤ん坊をあやすかのような態度をとる。それが嫌だ。我慢できない。僕が求め
ているのは、そんなことじゃないんだ。
　甘やかす前に、叱咤激励する前に、充がそうやって立ち直ってゆくことの意味を教え
てほしい。立ち直る価値があるのかを教えてほしい。この人生に、これほど理不尽なこ
とに出会い、簡単にぺしゃんこにされてしまうような人生に、果たして立ち直って生き
抜いてゆくだけの価値があるのかどうかを。
　それさえわかれば、確信が持てれば、どんな努力だってしてみせるのに。
　おじいちゃんの手紙が、充の心の一端にひっかかった理由もそこにあった。

あれは遺書だ。たしかにそうだ。人生のいつごろかは知らないが、おじいちゃんは、一度は死のうと覚悟を決めて遺書を書いたことがあったのだ。

それほどの決意から、どうやって引き返したのだろう？　それほどの断崖から後戻りをして、残りの人生を、いったいどうやって生きてきたのだろう。あの手紙はずいぶんと古いものだ。おそらく、おじいちゃんがあの手紙を書いたときの年齢の、数倍の年月を、あの手紙以降の人生のなかで過ごしてきたに違いない。どうして、そんなことができたのだろう？

それほどの意味を、おじいちゃんは、生きてゆくことのなかに見つけたのだろうか。

4

数日のあいだ、窓の外でせわしなく鳴くようになった蝉の声を聞き流しながら、充は考えるともなく考え続けた。どうして、おじいちゃん、どうして、と。

どうにかして、それを突き止める方法はあるだろうか――と考え始めたとき、充は久しぶりに、食事と風呂とトイレ以外の目的のために、ベッドから抜け出した。

まずは、母さんがあの手紙を見つけたという、文箱を見てみよう。ほかに何か入っているかもしれない。

階段を降りてきた充を、母はびっくりしたような顔で迎えた。台所のテーブルに向か
って、何かファイルのようなものを読んでいたところで、眼鏡をかけていた。

「どうしたの? おなか、すいた?」

充は首を振り、文箱のことを話した。

「いいわよ、見たいならすぐ出してあげる」

「中身はそのままになってるの?」

「大したものはなかったからね。だけど、なんで?」

「ちょっとね」充は口籠もった。「ちょっと、そんな気になって」

母はすぐに椅子から立ち上がると、おじいちゃんの部屋へと入っていった。充はテー
ブルに近づいて、母が読んでいたファイルをのぞいてみた。

思ったとおり、聞き取り調査の結果を集め、綴じ込んだものだった。このあいだ見た
ときと、あまり分量が変わっていない。調査は行き詰まっているのだろう。

飯田浩司が自殺したあと、彼の両親は、最初は刑事告訴のために、それを断念してか
らは、とにかく息子の無念をはらすためにと、第三中学でのいじめ行為や、それに対す
る学校当局の無責任な態度などを立証するために、同級生や卒業生、教師たちなど、あ
ちこちの家庭を訪ねては、聞き取り調査を続けてきた。充の事件が起こると、当然のこ
ととながら、彼らは充の両親にも声をかけてきた。

やり場のない怒りをはらすために、両親──とりわけ母は、この活動に熱を入れた。

ある意味では、充本人よりも熱心だった。これまで家事を切り回し、家族の面倒をみる

ことだけで毎日を過ごしてきた母が、こんなふうに活発なところを見せたのは、充の知

っている限りでは初めてのことだった。

そんなこととしたって無駄だよ、何にもなりゃしないよ。そんなふうに言って、母を泣

かしたことが何度もある。意地悪で言っているつもりはなかった。本当にそう思えたの

だ。そうとしか思えなかったのだ。

今だって、そう思う。

「ほら、これよ」

母が持ってきてくれた文箱を手に、充は二階の自室へあがろうとした。そして、ひと

りでは無理なことに気がついた。松葉杖を担ぎ文箱を持っていては、手摺りにつかまる

ことができない。

母が文箱を持ってついてきてくれた。

残念ながら、文箱のなかには、ほかにめぼしいものは見当たらなかった。

この文箱は、おじいちゃんが日常的に使っていたものであるようだった。使い捨てラ

イターがひとつと、『なみき』という喫茶店の、使った跡のないマッチ。古いモンブラ

ン万年筆がひとつと、酒屋の名前が入ったボールペンが二本。端の黄ばんだ銀行のメモ

帳が一冊。文箱の隅には、煙草のかすも落ちていた。おじいちゃんは煙草のみだった。

銘柄は何を吸ってたっけ、と思って、思い出せないことに、少しショックを受けた。だが、

この文箱は、特に大事なものをしまっておくためのものではなかったようだ。

あの手紙は、いつも身のまわりに置いておくような種類のものではなさそうな気がする。

なにせ、遺書なのだから。

あれは、これまでずっと、どこか別の場所に、おじいちゃんが大事に保管しておいた

のだろう。そして、ある時期に、この文箱のなかに移したのではないか。

（なんでだ？）

僕らの目につきやすいように？

となると、倒れる前だ。おじいちゃんは、漠然とではあるけれど、身体の調子がおか

しいことに気づいていたのかもしれない。それを思うと、うなじのあたりが寒くなるよ

うな気がした。

ますます、この手紙の正体を知りたくなってきた。どうしても知らなくちゃ、という

気になってきた。

どういう方法があるだろうかと、充は考えた。久しぶりに、頭が回転しているという

実感があった。心が空回りしているあいだは、いつも頭は停止していたのだ。

友達、という手がある。

思いついたのは、その晩、飯田浩司の母親から電話があって、そのあと母が部屋にあがってきて、その話の内容を説明してくれたときだった。飯田家では、この問題を、地区の教育委員会で正式に取り上げてもらうように運動しているのだという。

そうか、と思った。飯田君のこと、いじめグループのこと、彼らや僕を囲んでいた状況を知るために、母さんたちは聞き取り調査をしている。誰かのことを知りたいなら、友達に尋ねればいい。

「母さん」

出し抜けに話を中断されて、母はちょっと言葉を呑んだ。「なあに」

「おじいちゃんに友達、いた?」

「さあ……」

「手帳とか残ってないかな。さもなきゃ、年賀状。年賀状くらいいきてたでしょう?」

釈然としない顔で、こんな時間になって何を探してるんだと、父にも不審な顔をされながら、それでも、母はおじいちゃん宛にきた郵便物や年賀状を探し出し、充に見せてくれた。おじいちゃんが世間から離れていたことを象徴するように、その量は少なかった。ダイレクトメール的なものを入れて、二十枚くらいしかない。

「あんた、何をしてるの?」

問われても、返事はしなかった。説明すると、今のこの気分がどこかにいってしまうような、つかみ損ねてしまうような気がしたからだった。

5

年賀状や郵便物のなかには、電話番号の書いてあるものとないものとがあった。ないものは、住所を手がかりに一〇四に問い合せて調べた。そうして一覧表をつくり、順番に電話していった。それらの作業をするために、充はベッドから降り、椅子に腰かけ、机に向かった。机の上に置きっぱなしにしてあった時間割表が、埃でざらっぽくなっていた。

電話のかけかたを忘れたというと大げさだが、最初のうちはそれと似たようなものだった。呼び出し音を聞いていると、ドキドキした。

どんなふうに挨拶し、どう切りだすか、一応考えてから電話していったのだが、いざとなるとしどろもどろになってしまい、こちらの意図が伝わるまで、ずいぶんと手間がかかった。おじいちゃんの名前を告げ、自分の名前を名乗り、年賀状を調べて電話したことを説明し、おじいちゃんのことをよく知っている友達を探しているんですけど、と話す。これだけのことが、これほど骨が折れるとは思っていなかった。

母の見つけてくれた年賀状は、去年のものと一昨年のものとがまぜこぜになっていた。だから、電話をかけてみると、差し出し主のほうが、おじいちゃんよりも先に亡くなっているなどという場合もあった。電話に出てきた家の人たちは、充のしていることを不思議がった。

「おじいちゃんのことで作文でも書くの?」と尋ねられたりもした。

電話口に本人が出てくれても、昔、仕事上でお世話になったことがありまして、という、父と同年代の人だったりする。石野さんとは、もう十年以上会ってないなあ。亡くなられたんですか、それは失礼しました。年賀状のやりとりしかなかったから。

収穫などありゃしない。おじいちゃんと同年輩の人たちは、もう亡くなっている人のほうが多いのかもしれない。

十二件目の電話をかけるころになると、あんまりいいアイデアじゃなかったかな、と思い始めていた。

柴田源次という人の家だった。呼び出し音が五つ鳴って、がちゃりと受話器をとる音がして、それからしばらく沈黙が続いた。

「もしもぉし」

くぐもったような遠い声が、やっとそう応えた。充はちょっと手応えを感じた。この声、おじいちゃんぐらいの年齢の人だ。

「あの、柴田さんのお宅でしょうか」

「そうですが」

ゆっくりした話し方だった。声がかすれていて、弱々しい。

「僕、石野充といいます。石野勝一郎の孫なんですけど」

相手は黙っている。息遣いがかすかに聞こえる。

「このあいだ、おじいちゃんが亡くなりまして」

ちょっと間があいて、

「石野さん、死んだんか」

知らなかったのか。

「そうなんです。ずっと入院してたんですけど」

「それはまた」声が嗄れ、咳き込んだ。「知らなんだ」

「柴田さんは、うちのおじいちゃんと友達でしたか」

いやに率直なききかただが、相手は笑わなかった。

「知り合いじゃったよ」

「それじゃあの、ご存じですか、おじいちゃんの若いときのこと」

勢い込んで、充は文箱から見つかった手紙のことを説明した。

「なんか、遺書みたいなんですけど」

しばらくのあいだ、沈黙があった。あれ、大丈夫かな、と思った。

「もしもし？」

すると突然、一方的に、電話が切られた。

受話器を握ったまま、充は目をぱちぱちさせた。たしかに、電話は切れている。呼び出しベルが鳴

（チェ、じじい、間違って電話を切っちゃったんだな）

これだから年寄りはやだよ、などと思いながら、また電話をした。

る。つながる。

「あの、石野ですが」

また切れる。充は唖然とする。どうやらこれは間違いではなく、相手がわざと電話を

切っているのだとわかるまで、三回かけなおした。

「うるさいから」

四度目には、いきなりそう言われた。

「どうして切っちゃうんですか」

この人は、きっと何か知ってるんだと思った。食い下がる価値がある。充は頑張った。

「おじいちゃんの遺書のこと、柴田さんは何か知ってるんでしょう？」

また沈黙。ごそごそと音がする。

「柴田さん」

「補聴器の具合がよくないんで」と、弁解口調になった。「うまく耳にひっかからんのだわ」

それでイライラすると、電話でもピシャッと切ってしまったりするのだろう。

「お医者さんで調整してもらうといいですよ。おじいちゃんもそうしてました」

「はあ、そうか」

気の抜けたような返事のあと、間をおいて、柴田老人はいきなり言った。「あんなもんは捨てとると思ってたが」

充は受話器を握り締めた。「遺書のことですか」

「うん」

「大事にとってあったんです」

「カツイチらしいわ」

おじいちゃんは、友達には「カツイチ」と呼ばれていたらしい。それはなんだかくすぐったいような面白いような感じだった。

「あんた、充ちゃん言うたか」

「はい」

「カツイチの孫か」

「そうです」

「何番目の孫？」

「僕ひとり」

「ああ、そうか。カツイチんとこは、息子ひとりだったからな。充ちゃんは兄弟がいないんか」

おそらくは入歯のせいだろうと思うが、柴田老人の声はこもっていて聞き取りにくく、おまけに語尾がもつれているので、これだけのことを聞き取るにも、ちょっと時間が要った。

「きょうだい、いないんです」

「淋しいか」

「そうでもないですけど」

話がずれてゆく。相手が老人である場合、こうなると舵取りが難しい。ひとしきり、充は、柴田老人の子供や孫、親戚の話など、脈絡なく飛び出してくる固有名詞につきあって、はい、はいと傾聴していた。その話をつなぎあわせて解釈してみると、それらの固有名詞の持ち主である人々は、柴田老人とは別のところに住んでいるようだった。

「あの、柴田さん、おじいちゃんのことなんですけど」

「カツイチの」

「遺書みたいなのがあったって話の」

柴田老人は、また少しのあいだ黙った。話に熱中したせいか、息遣いが荒くなっていた。

「あんなのは、もう昔の話だ」

「ご存じですか、遺書のこと」

「わしも書いたから」

充は目を見張った。「じゃ、やっぱり戦争中のことですか」

うなるような声で、老人は否定した。「そうじゃなくて、あれは二・二六事件のときのだから」

「にいにいろくじけん?」

問い返した充の声が、調子はずれでおかしかったのだろう。柴田老人は、笑い声をあげた。少なくとも、笑い声のように聞こえた。

「学校で習わんか」

「……たぶん、まだ習ってないと思います」

なにしろ、事故以来登校していないから、はっきりとは言えない。

「学校で習うようなことなんですか」

「社会科で習わんのか」

「ちょっと待ってもらえますか。教科書を見てみます」そう言ってから、充は急いで言

い足した。「柴田さん、少し時間がかかるんです。僕、なかなか動けないから。いいで
しょうか」

「動けないって」

「足を怪我してるんです。それで学校もずっと休んでて」

少し考えるような間を置いてから、老人は「いいよ」と言った。「どうせ暇だから」

電話を保留にすると、できるだけ急いで、充は椅子から立ち上がった。焦ると転んで
しまうので、充分に注意した。机はベッドの脇なので、まずベッドに移動し、そこに腰
を降ろし、お尻でずっていって、机に近づく。

教科書は、机の上の本立てに立てかけたままにしてあった。社会科……日本史かな。

「お待たせしました」

同じルートをたどって電話のそばに戻り、受話器に向かって言った。

「いつごろのことですか」

「昭和十一年の二月二十六日」

だから、二・二六事件というのか。

年表をめくり、それから思いなおして巻末索引をひいた。ちゃんと出ている。二・二
六事件。ページを繰ると、「太平洋戦争への道」という章の、始めのほうに載っていた。

「クーデター」という言葉が、最初に目に飛び込んできた。「青年将校」「戒厳令」そし

て、「重臣を襲撃、殺害」「陸軍省、警視庁などを占拠」──
よくわからないけれど、たいへんな事件だったようだ。重臣というと、大臣とかのこ
とだろう。そういう人たちを襲って、殺したのか。警視庁を占拠って、あの警視庁のこ
とか？

そんなたいへんな事件に、うちのおじいちゃんが関わっていた？

頭のなかが混乱してしまい、何を言ったらいいのかわからない。すると、柴田老人の
しわがれた声が聞こえてきた。

「わしとカツイチは、歩兵三連隊というところにいたんだ」

噛み砕いて話してくれているのだろうが、それでも充にはわからなかった。

「ホヘイ？」

「軍隊のな。陸軍の。連隊ってわからんか。のらくろって漫画を知らんか。あれに、ブ
ル連隊長どのって、出てくるだろうが」

充は黙っていることしかできなかった。知らない、わからない、としか言えない。

「まあ、いい」じれったくなったのか、柴田老人は続けた。「わしらは中隊長どのに連
れられて、鈴木侍従長のところを襲ったんだがな。わしもカツイチも、建物のなかには
入らなかったし、あとになるまで、自分らのやってることがどういうことか、まるでわ
からんかった。中隊長どのの命令どおりにしていれば間違いない、中隊長どのは神様の

ような人だから、そう思っとったでな」

喉にからんだような咳をして、老人は軽く笑った。

「雪が降ってってな。寒かったな。それだけはよく覚えてるなあ。それと、二十八日の夜

くらいからだったかなあ、飯がなくなって、腹が減って往生した。あれは辛かったなあ。

今に何とかなる、中隊長どのが何とかしてくださると思ってたが」

ゆっくりと、充は訊いた。「そのころ、柴田さんもうちのおじいちゃんも、いくつぐ

らいだったですか」

「二十歳だった」と、打てば響くような速さで返事がかえってきた。「若かったなあ」

「それなのに、遺書を書いたんですか」

「包囲されてな。囲まれて。わかるかな」

「誰に？　警察に囲まれたんですか」

大臣を殺したりしたわけだから、警察が乗り出してくるのは当たり前だと思って言っ

たのだが、柴田老人は笑いだした。

「違う、違う。陸軍だよ。同じ軍の仲間に囲まれたんだわ。皇軍相撃ついうて、たいへ

んなことになるところだった」

「味方の軍隊同士で撃ちあうの？」

「そうなるところだったんだな。わしら、反乱軍にされてしまったから」

「ハンラン──」

おじいちゃんが、あのおじいちゃんが、一日ぼうっとテレビを観て、甘いものが好きで、ときどきトイレを汚して、ご飯を食べるとすぐに居眠りをしていた、あのおじいちゃんが。

反乱軍。クーデター。

「わしらの隊は、いちばん最後まで帰順しなかったから、遺書の数も、いちばん多かったかもしれないなあ」

充のことなど忘れたように、独り言をつぶやくように、柴田老人が言っている。

「わしもカツイチも、わけはわからんかったけど、正しいことをしてると信じてたから、死ぬのは怖くなかったな。覚悟ができてたから、遺書もしっかり書いてあるだろう。わしのは隊へ帰されるときに置いてきてしまったけど、カツイチは持ってたんだな」

「柴田さん」

「あん?」

「それで、おじいちゃんたちがしたことは、正しかったんですか」

遠く、笑い声のようなものが聞こえた。たぶん、笑ったのだと思う。

「正しいことじゃなかったと、教科書には書いてあるだろうなあ」

「………」

「中隊長どのは死刑にされてしまったし、わしやカツイチなんかも、憲兵に呼び出されたりしてな。除隊になるんじゃないかと思って、ずいぶんビクビクしたなあ。ほかに食っていく道がなかったから」

「……怖かったですか」

「うん」と、柴田老人は答えた。「怖かったよ。あとになればなるほど、怖かった。カツイチは違うっとったようだけど。頭がよくないのが悲しいって言ってたな。誰の言うことが本当なのかわからないのは、自分の頭が悪いからだろうって。ずいぶん悩んでたな。充ちゃんのじいちゃんは、真面目だったから」

柴田老人の声に、初めて、うんと小さな子供を相手にしているのだという自覚が混じった。口調がやわらかく、それでいて強くなった。

「おじいちゃんが悩んだのは、遺書まで書いたのに、うまくいかなかったからですか？」

「うまくいかなかったというか、それは間違ったことだって言われたからなあ」柴田老人は笑った。「そいで戦後になると、日本があんな戦争をするきっかけをつくったのは、二・二六だって言われるし」

それなのに笑っている。

「カツイチは、記念にとっておいたんだろうなあ、その遺書を」と、老人は続けた。

「あんたらが見るかもしれないなんて、思ってたかなあ。墓の下でびっくりしてるかもしれない」

そうか、カツイチも死んだか、と、小声で付け加えた。

「そういうことだから、遺書だからって、騒ぐことはないよ」

「まだよくわからないけど」

「勉強すればわかるようになる」と、老人は言った。話を始めたときより、数倍も明るい口調だった。

「いいことを思い出させてくれたなあ。懐かしいなあ」

電話を切るとき、柴田老人はそう言った。

僕にはわからない。

充は考えていた。柴田老人の、思い出をさかのぼるごとに明るさを増してゆくあの声が、耳の底から離れない。

おじいちゃんは、自分の体験したことを、僕らに話さなかった。口に出さなかったのは、それが嫌な思い出だったからだろうか。

それほどに辛いこと、死ぬほど怖いこと、何を信じたらいいかわからなくなるような

ことを、二十歳のときに味わっていた。まだおばあちゃんに会う前に。お父さんが生ま

れる前に。戦争が始まり、戦争が終わる、その前に。

たった二十歳のときに。

そのあとの六十数年間を、おじいちゃんはどんなふうに生きてきたんだろう。僕が尋

ねれば、柴田さんのように、昔のことを話してくれたんだろうか。そしてやっぱり、懐

かしいなあと言ったのだろうか。

何も訊かないうちに、何も知らないうちに、僕はおじいちゃんと別れてしまった。

それから、来る日も来る日も、充は考え続けた。おじいちゃんのしたこと、おじいち

ゃんの言ったこと、おじいちゃんの暮らしの隅々までを、できる限り詳しく思い出して

みようとしながら。

そういう思い出のどこにも、中隊長どのの命令にしたがって、死ぬ気でついていった

二十歳の若者の面影はなかった。充の知っているおじいちゃんは、どこにでもいる、か

なり情けない老人の一人でしかなかったのだ。

だけどその情けない老人は、八十数年を生き抜いた人だったのだ。

考え続けているので、それまでに輪をかけて無口になった。心配が重なったのか、何

度か母から問いかけられ、それにもうわの空で答えていたものだから、ある晩、とうと

う怒鳴りつけられた。

いきなりだったから、充は急に夢から醒めたような気分で、すぐには状況がつかめなかった。母さんが涙ぐんでいる。心が縮み上がった。

「誰のためにこんなことしてると思ってるのよ！」と、母は泣き声で言った。居間のテーブルの上に、例のファイルや、書類が何枚か散らばっていた。

「甘ったれるのもいい加減にしてよ。あんたのために、あんたの気持ちが少しでも楽になるようにと思ってやってるのに、どうしてそんなふうにいつまでもひねくれてるの」

父はまだ帰っていなかった。事故の直後には、ときには会社を早退してきて充のそばにいてくれた父が、このごろ、また以前のように、残業や休日出勤をするようになったことに、今さらのように、充は気がついた。

二人きりのがらんとした居間で、母さんが泣いている。

「……ごめんなさい」

口に出してから、ずいぶん長いこと、この言葉を言っていなかったと、充は思った。「考え事してて、母さんの言ってること、全然聞いてなかった」

今夜だけじゃない。今までずっとそうだった。ひとりきりの考えのなかに閉じこもっていた。

「何考えてたの」涙をふきながら、母が訊いた。

「おじいちゃんのこと」

「うちのおじいちゃん?」

「うん」

これまでのことを、充は説明した。母は目を見張るようにして聞いていたが、やがて言った。「あんた、電話をかけたの?」

「うん」

「自分から?」

「そうだよ」

「それであんた、そのことでいろいろ考えてたの?」

「そう」

おじいちゃんが、二十歳のときから今まで、どうやって生きてきたのか、どんなことを考えてたのか、それをね。心に思ったが、照れ臭くて口には出せなかった。

「母さん」

「なあに」

「明日、図書館へ行きたいんだけど、連れてってくれる?」

母は、泣いたせいで赤くなった目を、じっと充の顔に据えた。

「外に出るの?」

「出てみたい」

「出られる?」

「やってみないと、わかんないじゃんか」

ややあって、母は微笑した。「そうね」

笑みを返して、充は考えていた。明日の空の色はどんなだろう、と。

昭和十一年の二月二十六日だと言っていた。雪が降っていたと言っていた。その雪が降ってきた空は、明日、充が見上げる空と同じ空なのだ。

僕にはまだまだ知りたいことがある。そう思った。知らなければならないことがある。

小さいことも、大きいことも。

二・二六事件のことを、もっと詳しく調べよう。今のままじゃ、何がなんだかわからない。そのあとの戦争のことも、そのあとの暮らしのことも、みんな調べよう。知りたい。そうしていけば、おじいちゃんから聞くことのできなかった話を、埋め合わせることができるかもしれない。

そうしていけば、いつかきっと、おじいちゃんが生きてきた年月を、柴田さんが、あれほどの体験を、「懐かしいなあ」と言うことのできるその理由を、理解することができるようになるかもしれない。

おじいちゃんが遺書を書いた日に降っていた雪が、いつの日にか僕の目にも見えるようになるかもしれない。それが真っ青な空から降ってくるところを。

それはたしかな証拠になる。どれほど辛い目にあっても、何も信じることができなく
なっても、一度は遺書を書くほどのところにまで追い詰められても、そこで負けてしま
わなければ、そこから盛り返して生きてゆくことの意味を、価値を、どこかで必ず見つ
けることができるということの。

諦めるのは、捨てるのは、まだ早いということの。

充の腰掛けている椅子のそばで、電話が鳴り始めた。父かもしれない。これから帰る
と電話してきたのかもしれない。それとも、飯田浩司の両親だろうか。

「僕が出るよ」

そう言って、充は椅子の肘をつかみ、ゆっくりと立ち上がった。

過ぎたこと

1

都会には大勢の幽霊が棲みついているという。死してもなお街に愛着を抱き、高い物価や満員電車や娯楽にさえつきまとう混雑と喧騒を堪え忍んで暮らした日々を懐かしんで、離れがたい想いでさまよう多くの魂が、ビルの谷間や駅の人込みのなかに漂っているのだという。

幸か不幸か、私はまだ、それらの幽霊に出くわしたことはない。だが、「過去」に出会ったことはある。幽霊が死に切っていない人の魂のことであるならば、「過去」は思い出という形に成仏していない時間の幽霊だろう。

私は彼に、中央線の車両のなかで出会った。木曜日、夕方六時を少し過ぎた時間帯で、車内はいつものように混みあっていた。梅雨時のことで車内の空気はそれでなくても湿

っぽく、冷房は利いていたが、乗客たちはみな汗の匂いをさせていた。

私はいつもなら、事務所を出たら、神田駅から乗車する。今日はたまたま気が向いたので、ぶらぶら歩きで古書店街をひやかして、御茶ノ水まで出てきたのだった。それは純粋に気まぐれからしたことだったし、今日が初めてというわけでもない。私は怠惰な読書家だが本を買うのは好きなのだ。だから買い求める書籍のなかには、通読しても素人には絶対に理解不可能であるような専門書や、逆に子供向きの絵本が混じっていたりする。というより、むしろそういう類の本ばかりを、私は好んで買い集めるのである。

おかしな癖だと、他人には言われる。以前、外出先で童話専門の古書店を見つけ、気に入ったものがあったので数冊買い求めて抱えて事務所に持ち帰ったことがある。すると事務の女の子が、瀬田さんの深層意識のなかに、子供が欲しいなという想いがあるからこんな本を買ってくるのだと分析してくれた。

たしかに、結婚して二十数年になるが、私と妻とのあいだには子供がない。そのことを淋しく感じたときもあった。その時期は、私のそれよりも、妻のほうがずっと長かったろうと思う。いや、妻の場合には、その時期がまだ終わってないのだろうと思う。帰宅した私が、今日事務の女の子にこんなことを言われたよと話すと、彼女は苦笑しながら、今時の若い娘って残酷ねと言ったから。それ以降しばらくのあいだ、私は絵本や童話を買うことを控えた。

梅雨の粘り着くような雨のなかを歩き回った結果、その日私が小脇に抱えていたのは、第四世代コンピュータの市場開発に関する専門書と、『縄文馬の化石——その発掘と現在までの研究成果』という薄い論文集だった。前者のタイトルがわからないのはそれが洋書だからであり、内容がわかるのは、アルバイトの大学生らしい古書店員が、裏表紙を読んで説明してくれたからである。

濡れた傘を手に混みあう車両に乗り込み、蒸し暑いということばかりに気をとられていたので、私が幽霊に気づいたのは、電車が飯田橋の駅を通過したあたりでのことだった。彼の顔は、人込みのなかから頭半分くらい飛び出していたので、自然に眼に入ってきたのだ。

一瞥したときに、はっと思った。仕事柄というだけでなく、もともと私は人の顔をよく覚えている気質である。どこかで会ったことのある青年だと、すぐに思った。私の場合、会ったと言えば仕事がらみのことだ。ただ、それは近い過去のことではないとも思った。ここ一、二年のあいだに出会ったことのある人と同じ車両に乗り込んだなら、電車が一駅と走らないうちに、私の身体の内側にある警報装置がそれを感知し、先方に気づかれないうちに車両をかえろと教えてくれたはずだからである。そういうことは、頻繁にではないけれど、これまでに数回経験している。東京は狭くはないが過密な街だ。

また私の商売は、身体のなかにそういう警報装置を持たずには勤めることのできないも

のだ。

　私とその青年は、二メートル足らずの距離を隔てて、そのあいだに大勢の乗客をはさみながらも、顔と顔とを正対させる向きで立っていた。身長が同じくらいなので、すぐにも眼と眼があいそうな感じだった。私はあわてて俯いた。

　誰だったろう？　考えながら、額の汗をふくふりをして、もう一度そっと盗み見た。青年はドアの脇に立ち、細かな雨に濡れて曇っているガラスごしに、ぼんやりと外を見ていた。たぶん学生——大学生だろうが、顔を見ている限りでは、これから研究室へ行くのか補習を受けにゆくのか恋人とデートの約束があるのか、まったくわからない。た
だ、東京の街を走る電車の乗客たちの八割以上がそうであるように、彼もまた眠そうだった。

　やがて電車は四ッ谷駅に着いた。一応の均衡を保っていた車内の混雑が、乗降客たちのためにどやどやと乱れる。それでも私は件の青年から眼を離さずにいた。開いたのは青年が立っている側のドアで、彼は人の流れから身を引き、伸び上がるようにして手摺りに背中を押しつけている。そして、何の拍子にか、フンと鼻を鳴らした。鼻の片側をぐいとつり上げるような、彼の年齢にはそぐわない子供っぽい仕草だった。下手な子役がテレビドラマのなかで、腕白小僧の役を振られたときにやりそうな仕草だ。

　それでわかった。その仕草を、ずっと以前に、一度ならず見かけたことを思い出した。

面差しは、だいぶ変わっている。顎のあたりの線はあのころのままだが、全体にたく

ましく、男っぽくなった。そのせいか、鼻筋がはっきりしてきたように見える。髭が濃

そうだ。そこも違う。健康的な肌色も違う。私の知っていたひ弱な面影は、目元口元に、

かすかに消え残っているだけだ。

もっとも、出会ったころには彼はまだ子供で、背丈ももっと低く、私は彼を見おろし

て話をしたものだった。それですぐにはピンとこなかったのかもしれない。

彼の顔をそっと見つめているうちに、電車は新宿駅についた。のんびりとドアにもた

れていた彼は、ぱっと姿勢を立てなおして真っ先に降りた。その機敏な身のこなしに挑

発されて、思わず私も降りてしまった。

目的などあるわけではない。ただ、とっさに、あんなに素早く降りたのは、彼が私に

気づいて逃げだそうとしたからではないかと思ってしまったのだ。私と彼とはそういう

間柄だった。少なくとも彼のほうから見れば。

だが実際には、ホームに降りてからの彼の足取りには、格別急いだ様子もなかった。

混雑のなかにまぎれ、東口へと向かってゆく。彼は私のことなど眼中にない。ほっとす

るようであり、残念なようでもあった。

押しあいへしあいの階段を降り、通路を改札口へ向かって歩きながら、私は彼のうし

ろ姿に、かつての子供の顔を見ていた。初めて出会ったときの――。

2

五年ほど前のことになる。うちの事務所にめずらしい依頼人候補者が訪れた。

ちょうど今日と同じように霧のような小雨の降る日だった。ただし季節は秋で、長袖

でも肌寒い陽気だった。その依頼人候補者の真っ白なワイシャツが、寒々と眼にしみた。

「衣替えになるまでは、寒くても上着を着ちゃいけないことになってるから」と、彼は

言った。白いワイシャツに紺色のネクタイは、彼の通う公立中学の制服だった。

当時うちの事務所では、通常の調査のほかに、ちょっと変わった営業種目を設けてい

た。一般人向けのボディガードである。もっとも、対象者はほとんど女性ばかりだった

ので、名称としてはエスコートサービスと呼んでいた。仕事柄ひとりで深夜に帰宅する

ことの多い職業の女性たち──水商売や、勤務時間の不規則なコンピュータや出版関連、

決算期になると異常に残業の増える金融機関など──に、帰路の身体と財産の安全を保

障しますというのがうたい文句だった。

このサービスを受けたいと希望する女性客には、一種の契約金として一年分五万円を

払ってもらい、実際にエスコートしたときには、その都度五千円を支払ってもらう。護

衛役は男女ふたりの調査員がペアで担当し、契約日の決められた時刻に対象者を職場ま

で迎えに行き、自宅のドアの前まで送り届ける。帰宅には原則として公共交通機関を使用してもらうが、特に希望があり割増料金を支払ってもらえるならば、依頼人の運転する自家用車に同乗したり、こちらで用意した車で迎えにゆくことも可能——というのが、当時うちの事務所で刷ったあまり上等でないパンフレットで述べられている概略である。

あのころもそう思ったし、今はなおさらそう思うが、このプラン、十年早かった。現在からならあと五年だ。それぐらい経てば、東京の街の治安と安全が、ほかの国の大都会のそれと同じように、厳しい自己管理と金銭的な負担なしでは手に入らないものであると、都民の多くが自覚するようになる。そこでこのプランを打ち出したなら、ごくスムーズに商売として成立するだろう。今はまだ時期尚早である。

案の定、強気だったうちの所長が大いにしょげて撤退宣言をするまでの一年のあいだに、まともな依頼は二件しかなかった。頭のなかに、計算のほうはときどき怪しくなるが数字の表示だけははっきりしている電卓を持っているこの街の女性たちは、そんなバカ高い料金を払って護衛付きで終電車前に帰宅するのなら、ひとりでタクシーで帰ったほうがいいという、きわめてまっとうな計算をしたのである。

いくら警察退職者や、護身術の先生がスタッフとして籍をおいている事務所とはいえ、ボディガード業を始めるには、まだ市場が小さすぎる。調査事務所は調査事務所の本分に立ち返りましょうということでこの案が立ち消えになったとき、私自身はほっとした。

護衛というものは、本当のいざという時が来たら、我が身を捨てて対象者を守らなければならない。SPがそうだ。レーガン大統領暗殺未遂事件の現場をテレビのニュースで見たが、あのとき、周囲のSPたちが真っ先にしたことは、大統領のまわりを盾になって取り囲むことだ。撃てつなら俺を取り押さえることではなく、大統領のまわりを盾になって発砲している男を取り押さえることではなく、私にはそんな勇気はないし、本当にそれをやるのならば、一回五千円は安すぎる。

という次第で短期間でおじゃんになった企画だったが、パンフレットだけはしばらく出回っていた。個人向けのエスコートサービスであるという物珍しさに、企画を売り出した当時はマスコミの取材も来た。そういうルートで情報が生きていたのだろう。事務所を訪ねてきた中学三年生の依頼人候補者も、受付でははっきりと護衛を頼みたいと言い、ここのことは週刊誌で読みましたと言った。料金などについても知っていた。

おとなしい感じの少年のことなので、女性が相手をしたほうがいいかとも思ったが、ふたりしかいない女性調査員が、そのときはたまたま出払っていた。事務所にいた野郎の調査員三人でじゃんけんをして、負けた私が応対に出た。

ほかに座ってもらうところがないので、一応応接室に通した。彼はかしこまって座っていた。いまどきの子は、校長室に呼ばれたってこんなふうにはならないだろうと思ったことを、よく覚えている。

うちの事務所では、この段階では、まだこちらから氏名や身分を尋ねない。

「エスコートサービスを希望してるんだってね」と切り出した。

彼はこっくりとうなずいた。

「気の毒だけど、あれは企画倒れでね」

私には、あまり愛社精神がない。だから社長に嫌われている。

「採算がとれないんでやめちまったんだ。ご家族の誰かのことで来たのかい？」

すると少年は、俯いていた眼をあげて答えた。「ううん、僕を守ってほしいんです」

私はちょっと黙って彼を見つめた。別段、卓越した推理力などなくても、この子を見

ていれば、どういう事情なのかすぐに見当はつく。それでも、念のため訊いてみた。

「何から守ってほしいの」

「………」

「同級生からか」

図星だった。　学校でいじめにあっているというのである。

　　　　　　3

　話を聞き出してみると、もちろん言葉でくくればいじめ以外の何物でもないのだが、

実態としてはかなり犯罪に近いものであるとわかった。暴行行為と恐喝。特にここ三ヵ月ほどのあいだで急激にエスカレートし、ゆすり取られた金は総額で十万円近いという。

相手は複数のクラスにまたがったメンバーが構成するグループで、そのうちのひとりが彼と小学校時代からの同級生だった。

「小学校のころからいじめられてたのか」

「そうです」

「やっぱり向こうは複数？」

「いっつもね」

「狙われるのは君ひとり？」

「ほかにもいるけど、僕がいちばんひどいです」

エスコートサービスを頼もうと思ったのも、学校からの帰り道を待ち伏せされ、金を巻き上げられたり殴られたりすることが多いからだと言った。

「学校内ではやられないのか」

「全然てことはないけど、やっぱりあいつらも先生の眼を気にしてて」

「恐い先生がいるの？　それなら、頼りにならないかね。相談してみたらどうだ」

「駄目ですよ。あいつらが先生の眼を気にするのは、恐いからじゃなくて内申書のことがあるからだもの。先生から注意してもらっても、あいつら、何のことですかってとぼ

けるだけだし、先生もそれで済ませちゃう」

「ことなかれ主義ってやつか」

少年は、びっくりするような老成したため息をついた。「僕、貧乏くじなんですよ。

だから自衛するしかないと思って」

私はぐっとつまった。

「貧乏くじってのは、損な役回りを押しつけられたって意味かい？」

「うん。あいつらも、いろいろ面白くないんじゃないのかな。学校がつまんないのは

みんなそうだけど、みんな将来のことを思って辛抱してるんです。けど、あいつらはそ

の辛抱ができないからさ。八つ当たりする場所を探してて、たまたま僕が目に付いちゃ

ったんじゃないかと思う」

長い人生のあいだで、思春期と言えば、劣等感も自負心も、いちばん強い時期である。

この子の醒めた言葉の裏には、目を付けられてしまった駄目な自分へのあきらめと、そ

のあきらめを甘受しようとする姿勢を支える、強固な自信とがあった。八つ当たりする

しか能のない連中とは、僕は違う。

いじめが故のない攻撃であることは無論だが、この子の場合、言葉に出さず態度でも

隠しているはずのその自信が、ひょっとすると火に油をそそいでいるのかもしれないと、

私は思った。

「君、成績はいいんだろうな」

「わりと」

私は黙った。どうしたものかと考えようにも、とっかかりがない。

「実は、おじさんには子供がなくってさ」

少年はきょとんと私を見た。子供がいないのがめずらしいのではなく、それが僕とどういう関係があるのかと問いかけている目だった。

「今の学校の様子とか、いじめの実態とか、ほとんどわからないんだ。いや、いじめに関係した嫌な事件がたくさんあるからね。ニュースとしては知ってるよ。でも、実感がなくてね。君が困っていることは察しがつくけど、どうアドバイスしてあげたらいいかわからないんだよ。たとえうちがエスコートサービスの営業をしていたとしても、君の依頼を受けていいものかどうか、やっぱり判断に迷うと思うね」

「どうしてですか?」

ひとつの現実的問題である、こちらが依頼を受けた場合、君はどうやって料金を払うのかということは、あえて質問しなかった。今の子はみな、潜在的に金持ちだ。それに今までも、十万円もゆすりとられている。その金は、親が喜んで出してくれたものではあるまい。親が子に、家から黙って持ち出されて見過ごしにすることができるほどの少額でもない。

かわりに、ふたつめの問題を口にした。

「そんなことをしたら、かえって事態を悪くするんじゃないかと思うからさ。相手を刺激することになりゃしないかね」

少年はすぐに答えた。「今よりひどくなるなんてこと、ありえないです」

私には打ち返す球がなく、黙って腕を組むしかなかった。

「先生に相談しろって言うなら、しましたよ」と、少年は続けた。「だけど、全然効果なかった。さっきも言ったみたいに」

「もう試してみてたのか」

「うん。それで、あいつら学校ではやらないようになったんです。かわりに待ち伏せしたり、うちに押しかけてきたり、電話で呼び出したりするようになった」

「じゃ、君のご両親は知ってるのか」

「知らないよ。僕は言わないから。うち、共働きでふたりとも忙しいんです」

「君のことなら忙しくても時間をつくってくれるさ。話してごらんよ」

少年は、強くかぶりを振った。「うちの親、ふたりとも医者なんです。患者さんの命をあずかってるわけだから、そう簡単には仕事を放り出せないよ」

全国に満ちあふれている医者や医者の卵たちに、謹んで拝聴していただきたい言葉だ

った。だが、私は言った。

「ご両親の仕事に対する責任を重く考えるのは立派なことだけど、それはかえって失礼かもしれないぞ」

「どうして?」

「越権行為だからさ。お父さんもお母さんも、そのことだけで手いっぱいでしょうから」

「見くびってなんかいないけど……」

「じゃあ、話してごらん。まずそれが最初だ。それでもにっちもさっちもいかなくて、ご両親もほかの手を考えつかなかったら、当座の、本当の対症療法として、君がひとりでいるときの安全を確保する手段があるかどうか、また私と相談しよう。それでどうだ?」

所長に知れたら、独断でそんな提案するとは何事かと怒鳴られるところだが、そのときの私は、「親に話せ」の一言で、この少年を追い返してしまう気になれなかった。確率は千分の一、一万分の一かもしれないが、ひょっとするとこの子には、本当に護衛がいたほうがいいのかもしれないと思っていたのだ。

そして、正直に言えば、その想いの裏には、集団とは言え子供のグループ相手の護衛なら、命懸けのSPまがいのことまではやらなくていいだろうという、分別くさい計算

もあった。

　今でも私は、このやりとりをしたときのことを鮮やかに覚えている。少年は私の顔を見つめていて、私のなかで今言ったような計算が働くのを、恐ろしいほど的確に見抜いていた。まるで私のネクタイに、「たかが子供同士のことじゃないか」と書いてあったかのように、やすやすと読み取っていた。

　彼は薄っぺらい紺色のネクタイをほどき始めた。「どうするんだ？」と問う私に答えず、ズボンからシャツの裾を引っ張りだして、ボタンをはずした。

「見せてあげようと思って」

　言葉どおり、シャツの前を開いて薄い胸板を見せてくれた。

　あざがあった。ひとつやふたつではない。大きさは様々だが、肋骨に沿ってできている赤黒いものなど、二十センチ近くある。

「素手でやられたんじゃないな？」

　かろうじてそう尋ねると、少年はうなずいた。

「警棒でやられた」

「警棒？　おまわりさんが持ってるやつか」

「うん」

「あんなもの、普通は手に入らないよ」

「警察グッズのお店に行くと、ちゃんと売ってるよ。お金さえ払えば、中学生だって買える」高木が言ってた」

「タカギって？　グループのなかのひとりかい？」

「ボスみたいなヤツ。僕と小学校からいっしょのヤツ」

シャツのボタンをとめながら、少年は薄く笑った。「だから、僕は貧乏くじなんだってば」

私が本気でこの少年に関わろうと思ったのは、この瞬間だった。だから、ここで初めて彼の名前と住所、学校名を訊いた。私の態度が変わったことを察して、少年は訊いた。

「あざを見たから急に眼の色が変わっちゃったの？」

「先生には見せたか」

「見せたけど、結果はさっき言ったとおりだったよ」

少年の名前を手帳に書き取りながら、私は言った。「おじさん、元は警官だったんだ」

少年は眼をぱちぱちさせた。これまででいちばん子供っぽく見えた。「ホント？」

「うん。退職してもう十年近く経つけどな」

「定年じゃないでしょ？」

「もろもろあって辞めたんだ」

「イザコザしたの？」

「それを言うなら『イザコザがあった』だよ。まあ、そんなところだ。だけど、警官っていう仕事自体は悪いものじゃなかったよ。それだけに頭にくるんだ。ど頭にくるんだ。君のそのグループが、警棒を使ったってことがな。たとえ模造品でも」

あれは警察官の気概の象徴なんだと、心のなかで言った。

「今夜、おじさんは君の家に電話しようかと思う。必要なら、こちらからうかがってもいい。もちろんこれは、元警官のおじさん個人としてのことだけど」

「どうして？」

「ひとつには、君がどうしてもご両親に話さずにはいられないように、プレッシャーをかけるため」

少年はひょいと肩をすくめた。私は言った。

「もうひとつは、事態がどう落ち着くか、今後のことが気になるからさ」

だが、そんなことを気にする必要などなかったことが、その夜遅くになって判った。

少年が両親との話を終えただろう頃合を見計らってかけた電話に、応答したのは録音テープの声だったのだ。

「あなたがおかけになった電話番号は、現在使われておりません──」

4

当時の私の様子を妻が評して、「気も狂わんばかりに心配してた」と言ったことがある。

事実、私は必死になって少年を探した。手がかりは何もなかった。名前も住所も電話番号も出鱈目だ。彼の通っていると言った中学校だけは実在したが、該当する生徒は見当たらなかった。制服は白のワイシャツに紺のネクタイに紺のズボンというだけで、そういえば校章も付けていなかったから、学校名など適当に言っておいてもよかったのだ。

少年はああいう形で私に関われることを嫌ったのだと思った。だから偽名を名乗ったのだろう。だから嘘の住所を告げたのだろう。

それならそれでかまわない。だが、彼が置かれている状況は同じだし、それはひょっとすると生命の危険さえあるかもしれないほどの切羽詰まったものだ。私としては、自分が関わることはできなくても、彼が私に話してくれた問題が、その後解決したのか、彼の身の安全が確保されたのかどうかということだけは、切実に知りたかった。

あんな話を聞かされた以上、それを知る権利があるとさえ思った。

所長にも所員たちにも、ずいぶん諫められたり笑われたりしたものだ。それでも私は

諦めきれなかった。少しでも手がかりはないものかと、少年とのやりとりや、そのとき
の光景の記憶をほじくりだして、何か思い出したり、思い出したと思うたびに右往左往
した。

そうやって、三ヵ月ほど過ぎた。三ヵ月間、足を床に釘づけされて、同じところをぐ
るぐる回っている気分だった。

もろもろのもめ事や葛藤があって退いた職だったから、調査員として働き始めてから、
一度もかつての同僚を頼ったことはなかった。それが私なりの意地の張り方だった。
が、今度ばかりは別だ。自分のことじゃない、赤の他人とは言え子供の生死に関わる
ことだと自分を納得させて、ずいぶん以前に使うことをやめていた電話番号をダイアル
したのは、その三ヵ月のあいだに、精神的に餓死寸前にまで追い詰められてしまったと
自覚したからだった。

私が電話した相手は、現在は強力犯の捜査を担当しているが、経歴としては少年課で
の奉職が長く、その道のベテランと呼ばれた巡査部長だった。何度か不在のところに連
絡し、そのたびに気がもめた。やっと相手の声を聞くことができたときには、
「じゃ、近いうちに一杯やって話を聞こう。いつがいい？」と言う先方の提案を押し止
めて、
「それはそれとして、とりあえず今この電話で意見を聞かせてくれよ」と、強引に頼み

込んでしまった。

あらいざらい、私は事情を説明した。相手は質問をはさまず、あいづちを打つだけで聞いていたが、私がひと通り話し終えると、

「ひとつだけ教えてくれ」と言った。

「なんだ？」

「その子の身体のあざは、本物のように見えたか？　今になって振り返ってみて、冷静に考えて、あれは本物だったと言い切る自信があるか？　それこそ法廷で問われても、本当にあざを見たと証言できるほどに」

そのことなら、私だって何度となく自問自答していた。だから即座に答えた。

「自信がある。そこまでなまっちゃいない。あのあざは本物だった」

電話の向こうで、相手はしばらく考えた。ライターのカチリという音がした。火をつけた煙草を半分ほど灰にするくらいの間をおいて、彼は言った。

「その子の話は、本当だと思う」

「そうか……」

「ただ、細部には嘘があるかもしれない。たとえば警棒のところだ。あんたが元警官だと聞いて、その子はあわててたかもしれないな。警棒で殴られた傷とそうでないものと、あんたが見分けられるかもしれないと思って」

「そのへんは、なんとも言えない」

「親の職業についても、嘘の可能性がある。患者さんの命をあずかってるんだからなんていうのは、十四、十五のガキが本音で言える言葉じゃないよ。本当は、ただ単に親が子供に無関心なのか、仕事に振り回されてる哀れなサラリーマンなのか、それとも両親が不和なのか、まあ、そのへんだろう。実際問題として、いくら子供がひた隠しに隠したからって、あんたが仰天するほどの傷跡がついてたんだろ？　普通の親ならとっくに見つけてるよ。ましてや医者だったらなおさらだ。そこから考えても、この推測は妥当だと思う」

「親が不和だと言いたくなかったから、嘘をついたっていうのか」

「子供にとっちゃ大事なことだからな。あるいは、願望もあったかもしれんし。親が医者ならいいのにな、という」

相手はうなるような声で言った。

「で、その先の、あんたが気にしている、現在のその子の状況についてだが、俺の意見では、少なくともあんたのところに来たときほど追い詰められてはいないと思うよ」

私は受話器を握り締めた。「どうして？」

「その子はもう、親に話しただろうからさ。もちろん、身体のあざも見せてな」

「なぜわかる？」

「俺の考えでは、あんたは練習台にされたからさ」

「練習?」

「うん。実験というより練習だと思う。その子は、親とのコミュニケーションがうまくいってないことを自覚してたんだろう。さっきも言ったように、そんなひどい傷跡さえ、ちょっと隠すと見つけてくれないくらいだからな。金を持ち出していることだって、ばれた様子が見えない。何も訊かれない」

それはそうだと、私も思った。

「だが、彼の置かれている状況はどんどん悪くなる。出口がない。独りではもうどうしようもない。親に打ち明けようと決心する。でも、ここで恐ろしく不安になるんだ。本当のことを打ち明けても、果たして信じてもらえるだろうか? 僕の話には説得力があるだろうか。この話で、両親の心を動かせるだろうか?」

ちょっとのあいだ、私は何も言えなかった。そんな馬鹿な。誰だって、あれを見せられれば信じるのに。

「にわかには信じがたいことかもしれないがね。でも、これはままあることなんだ。想像することも、そんなに難しくはないはずなんだよ。あんたの依頼人になりそこねた子は、痛いし苦しいし恐ろしいし、日々絶望のなかにいるんだけど、親を見てるとそんなことには全然気づいている様子がない。そうすると、これを説明して自分の窮状を理解

してもらうのは、並大抵のことじゃないと思う。これまで隠してきた時期が長ければ長

いほど、隠してきた事実が重ければ重いほど、なおさらそういう思いが強くなって、ま

た口をつぐんでしまうという悪循環になる。信じてくれないんじゃないか。信じてくれ

ないに決まってる。もし本当にそんなことが起こっていたのなら、どうしてもっと早く

言わなかったの？　おかしいじゃないと言われてしまったらどうしよう？」

　私は眼を閉じた。たしかに——

「彼としては、自力でそこから抜け出すにはどうしたらいいか、必死で頭をしぼったん

だろうね。で、一案として、縁もゆかりもない赤の他人のところへ駆け込んで、自分の

言ってることを信じてもらえるかどうか試してみた——そういうことだったんじゃない

かと、俺は思う。だからけっして実験台じゃないよ。練習台だ。しかも、話のなりゆき

からすると、練習では非常にうまくいった。だから彼は本番も実行しただろう。となると、

今現在は、とんでもなく危険な状態からは抜け出しているかもしくは抜け出しつつある

はずだ」

「親がボンクラでなければ」

「ま、そこまで心配しなさんな。大丈夫だよ。俺はこれで結構、土壇場にきての親心っ

てもんを信じてる。いろいろ実例を見てきてるからな」

　あんたはいい練習台になってやって、務めは果たしたんだ。忘れたほうがいいし、忘

れていいことだよ、あとのことは。電話を切る前に、相手はそう言った。少なくとも、練習台としてのほう

だが、私はあまり巧く忘れることができなかった。

が、ずっと優秀だった──

そして今、五年前にはあざだらけのひ弱な中学三年生だった青年が、私のすぐ眼の前

を、私と同じくらいの身長に成長して、私よりはかなり長い脚を足早に動かして、新宿

駅東口の改札口のほうへと向かって歩いている。

結局尾けてきてしまったが、声をかけることはできそうにない。何をしゃべっていい

のかわからない。なんとか彼の声を聞くことができればいいのだがと思いつつ、小走り

になって追いかけてゆくと、人込みのなかで彼が唐突に手をあげた。

見ると、改札の向こうで若い女性がひとり、彼に向かって手を振っている。涼しげな

水色のワンピースに、ショートカットの髪。彼も手を振り返し、そこから走るようにし

て改札に向かった。

私も急いであとを追い、自動改札を抜けた。ふたりは笑顔で寄り添い、揃って駅の出

口のほうへ歩きだしている。

「十分遅刻だな」と、彼が言った。その声は、記憶のなかの声よりずっと太く、闊達な

響きを持っていた。

「大丈夫よ、どうせ時間どおりには開演しないんだから。この前なんか、一時間も遅れたの。セットが間に合わなくて」

「ホント？」

その「ホント？」と問い返す声を聞いたとき、私は芯から納得した。ああ、間違いない。本当に彼だ。五年前の中学生時代と同じ口調だ。

そのとき、気配を感じたのか、彼が振り向いた。まともに私と眼があった。顔と顔が向き合った。

が、その視線はすぐにそれて、改札口から溢れ出てくる人込みのほうへと流れた。

私は彼を見過ごした。

私はふたりを追うのをやめ、足を止めて、遠ざかってゆく背中を見つめた。

「えらい混んでるな。暑くて参っちゃったよ」と、彼女に言った。

「あのふたりお似合いだ。美人というより可愛娘ちゃんタイプの女性だが、明るそうでいいじゃないか。

あのとき、君の問題は解決したんだなと、私は彼の背中に言った。そしてもう、とっくに過去のものになってるんだな。つまり私はあのとき、首尾よく君の求めているものを提供してあげることができていたんだな。

だからこそ、今君は、ああして恋人と肩を並べて歩いている。

腹は立たなかった。が、大声で笑いたいという気分でもなかった。汗びっしょりで、ひどく喉が渇いているだけだ。

腕時計を見た。中央線の快速の時刻表を頭のなかに思い浮かべた。家に電話しておかないと、寄り道はまずいかもしれない。

私は頭を振って、改札口のほうへと引き返した。かえって妻に話してやろう。話しながら、いっしょにビールを飲もう。これはお祝いなのだから。

彼が私のことを覚えていなかったぶん、少し、割引しなくてはならないけれど。

生者の特権

1

ビルやマンションの階数は、案外、外側からは数えにくいものだ。

もう一時間以上も歩き回って、頭に浮かぶのはその程度のことである。いったい何のために家を出てきたのかわかったもんじゃない。

そう思いながら、腕時計を見てみた。午前零時五分前。いくら世の中に宵っ張りが増えたとはいえ、繁華街でもないこんな町場では、立派な深夜だ。六月の半ばとはいえ、少し空気も冷えてきた。薄いジャケットの襟をかきあわせると、まるではかったようにくしゃみが飛び出した。

この町に引っ越してきて、今日で――もうすぐ日付が変わるから、正確には昨日でということになるけれど――ちょうど一週間になる。新しいアパートのドアの脇に、まだ

表札は出していない。郵便受けにも名札を入れていない。一度は手書きで、「田坂」という名字だけは書いてみたのだけれど、たったそれだけの作業をしているあいだに、涙が出てきて途中でやめてしまった。本当なら今ごろは、この名字は「旧姓」になってるはずだったんだなんて、要らぬことを思い出してしまったのだ。

田坂明子。書きやすく、覚えやすい名字である。あまりに平凡な名だと、初めて両親に文句を言ったのは、あれはいくつぐらいのときだったろうか。小学校の四、五年生──いや、もっと早かったかもしれない。何しろ、同級生の女の子たちのなかで、子のつく名前の持ち主を探すのが大変だ──という世代である。佐織、鞠香、絵里、真由、沙也香──タレントや漫画の主人公みたいな女の子っぽい名前の群のなかで、明子というのはいかにも野暮ったくて、ずいぶん不満に思ったものだった。女の子はいつか嫁にゆく。そして名字がかわる。だから、どんな名字にもぴったりする、ごく平凡な名前のほうがいいんだよ、と。

すると、命名者である父は、いつもこんなふうに言った。

──そんなご配慮、要らなかったわよ、お父さん。

正面の信号が、通る車もなく、人もいないのに、律儀に赤く点灯している。明子は足を止め、ひとつ深く、ため息をついた。

それまで暮らしていた場所から、なるべく遠いところに離れたい──そして、あまり

「好み」でない町がいいと思って、ここに移ってきた。事実、ごみごみしててうるさくて公園が少なくて飲み屋と酔っぱらいの多い、薄汚い町である。ここでなら、あまり邪魔にもならないだろうし、町のイメージを損ねる度合いも少なくて済むだろう。

飛び降り自殺をしても。

そうなのだ。明子は今、身を投げて死ぬのに格好のビルやマンションの屋上を探して、町中をうろうろしているのである。そして気づいたのだ。ビルの階数って数えにくいということと、十三階建てのビルって、ホントに少ないな、ということに。

明子と井口信彦は、会社の同期生だった。明子は短大卒、井口は四大出で一浪していたから、年齢では三つ上になる。入社してすぐに、新人研修で箱根にある社の寮に一週間泊まり込んだころから、明子は彼に惹かれるものを感じていた。

彼の何がよかったのだろうかと、今になって自問自答してみることもある。だが、所詮そんなことは無意味だとも思う。恋愛なんて、分析できるものじゃない。強いていうならば、井口のてきぱきした物言い、意志の強そうなところ、頭が切れそうなところ、信念のありそうなところ——そういう、いわゆる男らしさみたいなものだったろうか。

考えてみれば、小学校六年生の初恋のときから、高校二年で初めてボーイフレンドと呼べる男の子と付き合ったときまでひっくるめて、明子が惹かれる男性は、いつも同じ、

井口のようなタイプだった。

それは当然のことながら、モテるタイプの男性ということでもある。いつもライバルが多くて、そこから派生する悶着や鞘当てが、明子にとっては「恋」の同義語だった。

今までずっと、勝ったり負けたり、泣いたり泣かせたりしてきたわけだ。

だけどもう、いよいよそんな「青春」も終わり——なぜならあたしは井口さんと結婚するのだから。そんなふうに考えて、明子は今年の正月を迎えた。去年のクリスマスに逢ったときに、井口がこう言ったからだ。

——来年中には、君とのことをはっきりさせたい。

そんな台詞を吐かれて、期待しない女がこの世のどこにいるだろう？　さらには、「はっきりする」という言葉を悪い方向に解釈して、もしかしたらこれはあたしと別れるかもしれないという意味だわ、と覚悟を固める準備に取りかかる女などいるだろうか。

いるのである。いや、いて然るべきなのである。少なくとも、井口信彦の見解では。

だからこそ彼は、そう、一ヵ月ほど前のこと、行きつけのホテルのバーへ明子を呼び出し、真正面から彼女の顔を見て、こう切り出すことができたのだ。

——残念だけど、君とのことは終わりにしようと思う。

その言葉に対して、明子は、未だかつてどんなドラマでも恋愛小説でも書かれたことのない反応を返した。

――へ？

「え？」や「ええ？」や「何ですって？」ではない。

と言ったのである。下顎をちょっと突き出し、目を見開いて。折しも、明子の前にはマルガリータのグラスが置かれていた。その背の高いグラス越しに、人によっては「いかつい」と言うけれど、明子にはいつだって誰よりもハンサムに見えた井口の顔があった。

彼は笑っていなかった。彼の真顔の前で、明子の「へ？」は凍りつき、そのまま、明子も固まってしまった。

明子のほかに、付き合っている女性がいたのだそうだ。生涯の伴侶を選ぶとき、そちらの女性のほうがいいと判断したのだそうだ。明子との交際は楽しかったし、明子は自分にとって大事な人だ。しかし、僕は別の女性と結婚すると決めた。実はもう、挙式の日取りも決まっている。このうえ明子と付き合い続けるのは、ふたりの女性のどちらに対しても不実きわまりないことになる。だから別れよう、終わりにしよう――井口はこんなふうに「解説」した。

彼はあたしにどうして欲しかったのかしらと、明子は今でも考える。ああ、そうなの、そのとおりよ、あなたって誠実な方ね、どうぞお幸せにねと言って、グラスをあげて乾

杯して欲しかったのかしらん、と。

まさか、そこまでバカじゃなかろう。

その夜明子は、ひとりで家に、当時住んでいた1LDKのアパートに帰った。時計を見ると、午前二時ごろだった。

それからしばらくして、笑い出した。春の早い夜明けに、空が白じろとする時刻まで、時々しゃっくりなんかしたりしながら、断続的に、ケラケラ、クククと笑い続けた。そうして、なんであたしは笑うんだろうと考えながら、妙なことを思い出していた。

二年ほど前、明子の学生時代から仲良しの友達が、免許取り立てで新車を乗り回していて電柱にぶつかり、ボンネットは大破、本人も前歯を二枚と肋骨を三本折る——という事故を起こしたことがある。彼女は、野次馬に囲まれ近づいてくるパトカーと救急車のサイレンを聞きながら、だらだらと血が滴る口元を手で押さえつつ、どういうわけか笑えて笑えて仕方がなかったと言った。事故が怖くてペーパードライバーを通している明子には、鳥肌立ちこそすれ、笑える部分などかけらもない話だと思えたし、友達も、あとになったら笑い事じゃないと思ったとしみじみ話したものだけれど、それでもその場では、血といっしょに折れた前歯が流れ出してきたのを見てさえも、へらへら笑っていたという。

思うに、彼女のあれも、あたしのこれも、笑いではないのだ。神経の針が振り切れて、それを思い出したのだ。

たまたま「笑い」という表示の上で止まったというだけのこと。今、あたしの心と身体は、大急ぎで神経の焼き切れた部分を修理してる。そうして、すべてが正常な状態に治ったら、そのときこそ、本当の反応がやってくる——

その考えは正しかった。朝日が昇って窓のカーテンを照らすころになって、明子は泣き始めた。夜通し泣くのは易しいこと、それはホントのことじゃない。心が破れて泣くときは、人はみんな、お日様といっしょに泣くのだと思いながら。

こうして今、明子は死のうとしている。

井口と同じ会社に居続けることが辛くて、一時は退職することも考えたけれど、それよりも死んでしまったほうが話が早いと思い直した。そのほうが、薄々事情を察していて同情や揶揄の視線を投げてくる同僚たちに対しても、いいお返しになるだろう。井口との思い出の残っている町を離れ、ひとり流されるように住まいを移し、孤独に死んでいった——そんな明子の姿を見て欲しい。

どうして死ぬのかと問われたら、明子はきっぱり答えるだろう。我慢できないからだと。憤懣やるかたないからだと。井口に、彼が明子にどんなひどいことをしたか、思い知らせてやりたいからだ、と。

それしか手段はないか？　ないと、明子は思うのだ。井口の人生に、明子という消え

ない傷痕を残してやるためには、彼みたいな勝手な男が、この先なんの罪悪感も感じず

にのうのうと幸せに生きてゆくことが、どうして許せよう。

だから死ぬのだ。この先、また別の人が現われれば前のことなんかきれいに忘れるよ

とか、男はこの世にひとりしかいないわけじゃないとか、死んだらおしまいだよとか、

当たり前のことを言って止めてもらっちゃ困る。

そんなのわかってる。わかってるけど、明子に別の人生が訪れたところで、この腹立

ちは消しようがない。この裏切りで受けた傷は癒しようがない。明子の真心や、誠意や、

夢や希望や真実を、言葉ひとつでひょいと脇に退けることができると思ってはばからな

かった井口への怒り。こればかりは、彼に直接ぶつけてやるしか、解消のしようがない

のだ。だから明子は死ぬのである。仕返しのために、復讐のために死ぬのである。悲し

いから死ぬんじゃない。だからこれは失恋自殺ではないんだとさえ、明子は思っている

のだった。

剪定されていない街路樹の、茂り放題の葉のあいだから、青白い街灯がこちらをのぞ

くように見おろしている。モルタル塗りの木造家屋の屋根が連なり、合間合間に、てん

でんばらばらの意匠で建てられた半端なビルや、トタン屋根の工場が点々と混じる。掘

割が多く橋も多く、淀んだ川の水に町の灯りがにじんで映るこの町は、明子にとっては

異国でしかない。こんなところで死んでゆくあたし。知らない、こんな場末の町で。そ

の悲しみの深さ、傷みの大きさを、井口はわかってくれるだろうか。

——だけど、手頃なビルってないものね。

あまり高すぎないほうがいい。できれば新しいビルがいい。屋上から地面までのあいだに、さえぎるものがないほうがいい。できたら、落下地点に植え込みがあるといい。

だが、新しいビルやマンションは、玄関がオートロック形式になっているうえに、非常階段にも鍵がかけられている。見上げると、屋上にもフェンスが張り巡らされている。もっと警備の甘いビルもたくさんあることはあるが、しかし、それらはあまり美的でない外観のものばかりだ。青紫のネオンサインが『純喫茶　エンゼル』なんて店名をチカチカさせているビルの屋上から飛び降りたりしたら、なんだか借金苦で自殺したみたいに見えはしないか。

ああでもないこうでもないと思案しながら歩いていて、とうとう隣の区に入ってしまった。電柱の住居表示を見上げて、それと気づいた。

今夜はやめようか——と思いながら踵を返しかけたとき、視界の隅に小さな黒い影が映った。

俯いている。白いシャツ。白い——運動靴。

どうやら子供のようだ。

明子は小さな交差点に立っていた。すぐ右手に児童公園がある。低い柵に囲まれて、

貧弱な植え込みが点在し、無人のブランコが眠ったように鎖を垂れている。道を挟んで
その向かい側に、区画ひとつ分をぐるりと囲むコンクリートの塀があり、子供らしき人
影は、その塀に頭をもたせかけるようにして、こちらに半ば背中を向けていた。

コンクリートの塀の内側には、窓の多い四階建ての、夜目にも白く浮き出て見える建
物が建っている。

学校だな、と思った。いくら知らない町のことでも、学校と風俗関係の店だけは、ひ
と目でそれとわかるものだ。間違えようがない。

道の向かい側から見つめていると、うなだれて塀に頭を擦りつけていた小さな白い人
影は、のろのろと歩き出した。明子から見て左手のほうへ、一歩一歩足を押し出すよう
にして進んで行く。今、つと頭をあげた。街灯の青白い光に、目のあたりで何かが銀色
に光った。眼鏡をかけているらしい。

子供の歩いて行く先には、ぴたりと閉じた鉄の門が見える。建物との位置関係からす
ると、正門ではなさそうだ。門の内側には、深夜の町を覆っている闇よりも、一段も二
段も濃くていわくありげな暗闇が待ちかまえている——ように見える。

夜の学校って、どうしてあんなに怖く見えるのかしら？　彼とそんな話をしたことが
あったっけ——と思い出した。どんな折の会話だったか忘れてしまったけれど、おおか
た、ふたりで夜の町を歩いているときだったろう。そのとき井口はこう言った。それは

ね、教育ってのが、もともといかがわしい仕事だからだよ。　学校ってのは檻みたいなも<ruby>檻<rt>おり</rt></ruby>のだからね、怖くて当たり前さ、と。

白いシャツの子供は、鉄の門に手をかけ、どうやらよじ登ろうとしているらしい。こんな時刻に、あんな小さい子が一人で、さて何をしに学校へ忍び込もうというのだろう？

殺虫剤の直撃をくらったハエさながら、いきなりすとんと落っこちた。

道を横切り、駆け寄ってゆく短い間に、明子が考えていたのは「放火」のことだった。明日のテストの準備ができてない、学校が燃えればテストは延期だ、燃しちゃえ──という具合だ。だからこそ、止めたほうがいいと思った。自然と口調も厳しくなった。

「ねえちょっと、そこのボク！」

ボクと呼ばれて子供は振り向いた。同時に、ぶきっちょに張り付いていた鉄の門から、

2

「ホントにお尻、大丈夫？」

白いシャツの子は、プラスチック製のつるりとした椅子の上で、痛そうにしきりと尻をもじもじさせている。　明子は、スモールサイズのコカ・コーラの紙コップをテーブル

に置き、彼の隣に腰を降ろした。

「平気です」と、男の子は小声で答えた。

「ちょっとびっくりしただけだから」

「ごめんね。おどかすつもりはなかったのよ」

学校の近くに、二十四時間営業のコンビニエンス・ストアがあり、店内の一部にテーブルと椅子が据えられているのを見つけて、男の子を連れてきたのである。

自殺死体が発見されたとき、すぐに身元がわかるようにと、明子は運転免許証を入れた財布を持って出てきていた。おかげで、コーラとバンドエイドを買うことができた。

男の子は右肘に見るからに痛そうな擦り傷をこしらえており、本当なら消毒薬も欲しいところなのだが、もう午前一時に近い時刻では、薬局は開いていないだろう。コンビニの店内にも、黙々とモップかけをしている店員がひとりいるだけだ。

「コーラ、飲んでいいよ」と、男の子の前にコップを押しやる。「落ち着くんじゃない？ それとも、オレンジジュースのほうがよかったかな」

小学校の、三、四年生というところだろうか。シャツより白い顔をして、口の端をひくひくさせて、男の子はじっと俯いている。明子の顔を見ようとしない。怖がっているのだろう。気持ちを和らげる足しになるかと、飲み物を買ってみたのだが、効果はなさそうだ。

門から落ちたとき、眼鏡が飛んで、右のレンズにひびが入ってしまったのだが、その
ままかけている。近くで見ると、かなり度の強そうな眼鏡だ。

「眼鏡もごめんね」と、明子は男の子の顔をのぞきこんだ。「じゃ、おうちまでお姉さ
んが送っていってあげるからさ、帰ろうか。眼鏡のことも、お母さんに話さなきゃ」

すると男の子は、ぱっと目をあげた。ひびの入ったレンズ越しに、一瞬だけ明子の目
を見た。

「そんなの、いいです。ひとりで帰るから」

むろん、今夜の行動を、親に知られては困るのである。

「近所なんでしょ？　ボク、あの学校の生徒なんだよね」

男の子はまた俯き、そのままこっくりとうなずいた。

「何か忘れ物とかあって、取りに行こうと思ったの？」

返事なし。鼻をすすりあげるだけ。

「こんな夜遅くにおうちから出てきて、お父さんもお母さんも心配しない？」

ちょっと間があって、男の子は答えた。

「わかんないように出てきました」

まあ、そりゃそうだろうけど……。

「こういうこと、初めて？」

　男の子は首をかしげた。自分のことだから、わからないはずはない。以前にもやった
ことがあるのだろう。だが、そう答えるとこの知らないお姉さんに怒られるかもしれな
いと思ったので、曖昧な動作をしたわけだ。

　深夜に家を抜け出すなんて、今時の子供って度胸あるなあと思ったが、すぐに考え直
した。あたしたちの子供のころだって、そういうこと、やったかもしれない。行く場所
さえあったら。目的地がなかったからやらなかっただけのことだ。今みたいに、ひと晩
じゅう開いているお店がごろごろしてたら、親の目を盗んで夜の町へ出てゆくなんて、
案外造作もないことだろう。

　ただ、今夜のこの子は、学校に忍び込もうとしていたのだ。目的は何だろう。やっぱ
り、放火かしら。

　「ボクさあ」と、明子はなるべく柔らかな口調で話しかけた。「怪我させちゃった手前、
お姉さんも責任感じるんだけどね。もういっぺん訊くけど、どうして学校へ入ろうとし
てたの？　忘れ物？」

　男の子はしきりとまばたきをする。そうしているうちに、目尻に光るものが現われた。
泣いているのである。

　「泣いちゃうようなことなの？」

　ぽろぽろと、男の子の目から涙が落ちる。ひびの入ったレンズに、涙が一滴ひっかか

った。

「よかったら話してくれない？　お姉さん、力になれるかもよ」

あたしったら死ぬ気で部屋を出てきたのに、なんでまたこんな児童相談所みたいなこ

とやってるのかしら。だけど、いくら昨今の子供が生意気であろうと、目の前で泣かれ

たら、やっぱり放ってはおけないじゃない。

「泣かないでよ。男の子でしょ？」

この台詞は、フェミニズムの時代の子供たちにも効き目があるらしく——だからこそ、

フェミニズムが浸透しないのだけれど——男の子は鼻をすすると、眼鏡をはずして手の

甲で涙を拭った。両手で拭った。子供の証拠だ。ちょっと大人っぽくなってくると、片

手でしか拭わなくなる。可愛いなと、明子は思った。

「し、し、宿題」と、男の子は言った。

「宿題がどうしたの？」

「教室にあるんです」

「ボクの机に？」

うん、とうなずく。

「明日までにやらないといけないの？」

「そう」

「忘れると、先生、怖いんだ」

「そうなんです」と、鼻声で答える。

「そうか。だから取りに行こうと思ったんだ。もっと早い時間に思い出さなかったの？」

男の子はぎゅっとくちびるを噛みしめ、顔を歪め、「取りに来たかったんだけど……」そして、ようやく聞き取れるくらいの小声で呟いた。「見張られてたから、ダメだったんだ」

「見張られてた？」

びっくりした。

「お母さんとかに？」

男の子は、違うと首を横に振る。

「じゃ、どういうこと？」

「ちゃんと夜中に取りに行くだけの勇気があるかどうか試すんだから、明るいうちとかに行ったらいけないって」

「だから、誰がよ」

焦れて問いかけたあと、明子ははっと気づいた。え、そういうこと？

「ねえ、それって、ボクの友達が見張ってたってこと？」

やっと通じたかという感じで、男の子はうなずく。「宿題も、ボクが忘れたんじゃないんだ。取り上げられて隠されちゃって、持って帰れなかったんだ」

思わず、明子は声を張り上げた。

「それっていじめじゃないの。あんた、いじめられてるの？」

レジのカウンターでぼんやりしていた店員が、ぎょっとしたふうにこちらを振り向いた。

男の子の顔が、またくしゃくしゃに歪んだ。

「そうなんです……」

「そんなの、やられっぱなしで黙ってちゃダメよ。先生に――」

そこで言葉を切った。明子の周囲には、学齢期の子供はいない。現在の学校に関する知識もなければ関心もない。それでも、こうした「いじめ」の場合、たいていは、先生に直訴しても事態が悪くなるだけなのだということぐらい、知ってはいた。人に近いような事件の詳細を通じて、新聞やテレビで報道される「いじめ自殺」や殺

「――先生には、言えないんだね」と、尻下がりの口調になった。男の子は黙って下を向いている。

だから夜中に、こっそり学校に取りに行こうとしていたのか。

「だけどさ、夜遅くなるまで見張ってたって、いじめっ子たちはどうやってボクを監視

していたの？」

「同じ団地に住んでるから……」

おまけに彼らの母親たちは、彼と彼らが親しい仲間だと思っているので、彼らが相互に家を訪問しあい、結構遅くまで長っ尻をして勉強したり遊んだりしていることを、いいことだと喜んでいるというのである。

「ボクのお母さんは？」という明子の問いに、男の子は健気なことを言った。

「知らないです。心配させたくないから、ボクも言わないし」

今の子って、こういうところは妙に大人なのだ。

「参っちゃうわね……。じゃ、ボク、うちにいても気が休まらないね。何人ぐらいいるの、いじめる子は」

「五人くらいかな」

「いつごろから？」

「今度のクラスになってからです」

「ずっと我慢してるの？」

男の子は答えない。それでも、彼自身にも見つけることのできない言葉が、嗚咽みたいなものになって口元にこみあげてきたのか、少しの間、何か言いたそうにくちびるを動かしていた。

「ボク、今何年生？」

「三年です」

やっぱり。しかしそれにしても、かなり小柄な子である。確かに、いじめの対象にされやすいタイプかもしれない。たぶん成績はいいのだろう。

「そうすると、まだまだ学校、行かなきゃならないよね」

「………」

「長いよ。ずっとずっと、我慢できる？」

この子を問いつめて、あたしったら何をする気なんだろう。何を説教してるんだろう。

「心配かけちゃいけないなんて、ナマイキよ。お母さんに言って、先生にちゃんと話してもらって、解決しなきゃ。こんなふうにこそこそしてたって、何にもならないじゃないの」

口で言うのは簡単だ。あたしは他人なのだから。この子の抱えている問題に、深く関わる必要はないんだから。そう思いつつも、通りいっぺんの言葉しか口をついて出てこない。

「お母さんに話しなさい」

自分で自分に腹が立つような感じがして、なおさら、言葉が厳しくなった。

「今夜は帰って、ね？　明日の朝、話しなさいよ。よくないよ、泥棒みたいに学校へ忍

び込むなんて。さ、帰ろう。お姉さん、送ってあげる」

椅子から腰を浮かせ、男の子を促した。彼は俯いたままのろのろと立ち上がった。明子が先に行ってコンビニのドアを開け、男の子を外に出した。

「ひとりで帰れます」

「ダメよ。危ないもん」

だいいち、今日を離したら、本当にまっすぐ家に帰るかどうかわかったもんじゃない。また学校へ行くかもしれないじゃないか。

「団地って言ってたね。どこ？　言っとくけど、お姉さんもこのあたりに住んでるんだからね。詳しいよ。嘘ついてもダメ」

腰に手を当てて見おろす明子を、おそるおそるという顔で見あげて、

「公団立川ハイツです。九号棟」

「そう。じゃ、行きましょう」

男の子が先に歩き出すのを待って、明子はあとに続いた。正直、立川ハイツに行くにはまずこの道をどっちに向かえばいいのかもわからないのだ。

静まり返った夜の道を、時折、空車のランプを灯したタクシーがすっ飛ばして行く。明子は男の子と並んで、黙りこくったまま歩いた。男の子はずっと下を向いていた。引かれていく罪人のようだった。

　五分と歩かないうちに、小さな交差点に出た。信号の下の標識に、「立川四丁目」と書いてある。目を上げると、交差点の北の方角に、白いブロックみたいな中層住宅が、いくつも整列しているのが見えた。あれが公団立川ハイツだろう。

　男の子の足も、そちらへと向かってゆく。灰色のブロック塀に沿って歩いてゆくと、まもなく団地の入口に着いた。ゲートを入ってすぐ左手に「集会所」の看板のある平屋が建っている。その脇に、自転車置き場のあいだを縫うようにして小道がのびており、とっつきに「7・8・9号棟」という矢印のついた標識が立てられていた。

「もう、ひとりで行かれます」

　明子を振り仰いで、男の子は言った。

「そう……。じゃ、ここでいいかな」

　ちょっと頭を下げ、男の子はゲートを通り抜ける。

「お母さんに話すのよ、いいね？」

　背中に声をかけると、首をすくめるようにしてうなずいた。

　言い足りない。これで帰してしまっていいんだろうか。

「ねえ、眼鏡のこともあるからさ、お姉さんの連絡先とか、教えとくわ」

　男の子は足を止め、首を振った。

「いいですよ。ボクが落ちたから割れたんだもの」

「だけど――」

　明子の言葉を待たずに、男の子はとぼとぼと小道をたどり始めた。俯いた後姿の、う
なじに街灯の光が当たっている。青白く、すべすべで、まるで、これから首切り役人の
手で切り落とされるのを、諦めきって待っているかのようだ。

　あの子、お母さんには話さないだろうな……と、明子は考えていた。小さくなる男の
子の後姿を見つめれば見つめるほど、その確信は深まった。

（どうしてかって言ったら――）

　明子の意見が正論であることの、まったくわからない年齢ではあるまい。ましてあの
子は利発そうだもの。だけれども、親に話し、先生に話し、今の事態を改善してゆくた
めのきっかけを、彼にはつくることができない。

　怖がっているからだ。

　怖いから。怯えているから。怖がることはない、怖がってたら始まらないと、誰に言
われても無駄なのだ。それが明子にはわかってしまう。

（そう、どうして言ったらね――）

　あたしと同じだからよと、心の中で、大声で、自分で自分に言ってやった。

　井口と別れたあと、いや振られたあと、いやこの際正確に言おう、捨てられたあと、
泣いて、怒って、友達に話した。死にたい、死んでやるとわめきもした。仕返しに、彼

にも重荷を負わせてやるんだと。

そのたびに、友達は止めた。それもひとりやふたりじゃない。みんなが同じことを言った。そんなふうに自薬（じゃくやく）になっちゃいけない。どうして自分の命を粗末にするんだ、と。

井口のために。たったひとりの男のために、人生全部を捨ててしまうなんて馬鹿げている。目を覚ませ、もっと前向きに考えろ——

わかっていた。明子にだってそれはわかっていた。みんなの言葉が正しいと知っていた。だってそれは正論なんだもの。正しい道はそれしかないと、明子だって知っていたのだ。

だけど、できないのだ。

それではこの心の痛みは止まらない。胸の底を焼け焦がすような怒りはおさまらない。どんな筋道正しい言葉も思考も、明子を動かすことはできないのだ。それほどに傷が深いから。ちょうどあの子の恐怖と同じ、理屈を寄せつけない、それは心のクレバスみたいなもの。

だからあたしは今夜、わざと間違いだとわかってる道を選んで、死のうとしてたんじゃないか。死に場所を探してたんじゃないか。すべての正しい意見に背を向けて、鮮や

かに、見事に、ドラマチックに死のうとして。

それなのに、あの子には正論を言うの？

は、明子は走り出していた。それもなりふりかまわずに。

男の子には、すぐに追いついた。九号棟の建物が、十メートルほど先に見えている。その華奢な腕をつかんで、急な疾走ってきた明子に、彼は死ぬほど驚いたようだった。

走に息を切らしながら、明子は言った。

「が、学校、行こう」

男の子は目を見張った。ひびの入ったレンズの後で、右目の瞳がくっきりと黒い。

「いっしょに行ってあげる。こっそり宿題とってこよう。今夜はそうしよう。ね？」

なんだか泣けてきそうになって、それを隠すために、明子は大きくほほえんだ。

「ふたりで行けば、怖くないでしょ？」

3

門を乗り越えるとき、男の子は、さっきぶつけたお尻が痛そうだった。明子はといえば、昔はずいぶんお転婆娘だったはずなのに、だいぶなまっているのだろう、よじ登った門の上から学校の敷地内に飛び降りるとき、危うく足をくじきそうになった。

門を入ったところは、どうやら裏庭であるようだ。整然と花壇がつくられており、柔

らかそうな土に小さな名札がびっしりと立てられている。いかにも小学校だ。

見あげる校舎は夜のなかに黒く沈み、それなのに夜より暗かった。建物は大きなコの字型、中央に校庭があり、一階のいちばん手前のひと部屋に明かりがついている。宿直とか、住み込みの用務員さんとかは、今でもいるのだろうか。

「ボクの教室、どっち？」

声をひそめて尋ねると、男の子は黙ったまま左手の方向を指さした。三階の角部屋だ。コの字型の南の角にあたる。

「どこから入れそう？」

ざっと見た限りでは、窓もドアも、みんなきっちりと閉じられている。当然、鍵もかけられているだろう。すると男の子は、名札の立てられた花壇の脇を抜けて、校舎の左手のほうへと歩き出した。

「あっちに外階段があるんです」

「だけど、階段をあがったところも鍵がかかってるでしょ？」

「階段の途中から、教室のバルコニーに飛び移れるんだ。探して、そこから入ります」

「ボク、前にもこういうこと、やったことあるんじゃないの？」

教室の窓は、鍵がかかってないところもあるの。

「夜、学校に来るのは初めてだよ。ホント。ただ……」

「ただ?」

「前に、教室から閉め出されちゃったことがあるんだ。そのときに、外階段からバルコニーにあがれることを見つけたんです」

「閉め出されたって、いじめっ子たちに?」

男の子は黙って先に進んで行く。野暮な質問だった。

コンクリートの外階段をあがっていくと、なるほど男の子の言うとおり、三階の踊り場が、二階の教室のバルコニーとほとんど同じ高さのところにあった。ふたつのあいだの距離も、やっと五十センチくらいというところか。身の軽い子供で、下を見なければ、ぽんと飛び移ることは難しくなさそうだ。

実際、男の子は無難にそれをやってのけた。そして促すように明子を振り向いた。

「あたし……ジャンプは怖いわ。ボク、教室に入って、廊下を回って、三階の外階段からなかに入るドアを開けてよ」

男の子がぽかんとしたような顔をした。

「僕、ひとりで?」

そうなのだ。そんなことがひとりでできるくらいなら、最初からさっさかやっていただろう。自分の教室へ行って、宿題を持って戻ってくれればいいのだ。

「そうよね、ひとりじゃ怖いよね」

「じゃ、あたしもジャンプするわ」

コンクリートの外階段の手摺りに手をついて、明子は下を見た。　黒い地面が見えるが、夜にまぎれて距離感がぼけているのが唯一の救いだ。

「わざと落ちなきゃ、落ちないよ」と、男の子が言う。

彼の注意力の半分は、今立っているバルコニーから教室への入口となるはずのガラス窓のほうへ引きつけられているようだ。目をこらせば、教室に並べられている机が、どこから入ってくるかわからない闇である。当然のことながら、ガラス窓の向こうは真っ暗いわずかな光に天板を冷たく光らせているのが見えるかもしれない。だがしかし、男の子が気をとられながらもけっして正対して窓ガラスのほうを見ないのは、そこに、机の天板以外のもの、教室の壁以外のものが見えたら困るからだろう。

たとえば顔とか、さし招く白い手とか。

だけど、明子には二階半分の高さのほうが恐ろしい。

「靴、先に投げるからね。持ってて」

死体が発見されたとき、安物を身につけていては恥ずかしいと思ったので、今夜の明子はとっておきのスーツを着て、いちばん上等のパンプスを履いていた。『銀座 かねまつ』で買ったものだ。　断っておくが、バーゲン品ではない。

男の子は明子の靴をキャッチした。目の玉の半分が、絶えず窓ガラスの様子をうかがっている。もしも今、明子がいたずらに、窓ガラスのほうを見て「あら!」とでも叫ぶものなら、男の子は驚きと恐怖のあまり、心臓麻痺でも起こしかねないだろう。

「早く、お姉さん」

「わかってるってば」

よろよろしながらへっぴり腰で、どうにかこうにか外階段の手摺りの上に登った。つかまるところがないので、両手のひらを吸盤みたいにして校舎の壁にすがりつく。

飛び降り自殺しようと思って出かけてきたのに、なんでこの程度の高さが怖いんだろう?

いや、この程度の高さだから怖いのよと、明子は自分に強がった。これだと、死に損なっちゃうかもしれないからね。だから今は、ここから落ちるわけにはいかないの。だから怖いの。そういうこと。

「いち、にい、さんて数えてあげようか」と、男の子が急かす。

「いいのよ、黙ってて。今、飛ぶから」

たった五十センチだと、明子は目を閉じて自分に言い聞かせた。五十センチ。バスタブをまたぐようなものだ。いや、ちょっと違うか。

目を開けて呼吸を整える。

「バルコニーには何もない？」

「なんにもないよ」

「植木鉢の上に落ちるなんてイヤだからね」

「何もないよ」男の子はべそをかきそうだ。

「ねえ、教室のほうでなんか音がしたみたいなんだけど――」

「そんなことあるわけないわよ、臆病ね」

「だってさ……」男の子は教室のほうを盗み見る。「なんか動いてるみたいなんだよお」

ちょうどそのとき、学校のすぐ前の道路を車が通った。どこの誰だか知らないが、窓を開けてがんがんステレオを鳴らしていた。テレビのコマーシャルで聞いたことのある歌の一節が、いきなり明子の耳に飛び込んできた。

「――自由に愛の翼をのばして――オウ、イエイ――」

それが号砲になったみたいに、明子は手摺りからジャンプした。飛んだ瞬間は目をつぶっていた。なのに、足の下を飛びすぎる黒い地面がはっきりと見えた。

バルコニーの床もコンクリートだった。ストッキングだけの裸足の足の裏に、着地はひどく痛かった。おまけに勢い余って前に転がり、左肩をしたたか打った。

「何がオウ、イエイよ、まったく！」

「大きな声を出しちゃダメだよ」

男の子がそばに駆け寄ってきて、ひしと抱きついた。

「お姉さん、大丈夫？」

「大丈夫よ。そんなにくっつかなくても」

立ち上がり、スカートの裾をはらう。

「さて、開いてる窓はどこ？」

バルコニーは、建物のひとつの面では、端から端までつながっている。窓ガラスの数も多い。びくびくしている男の子を後に従えて、明子は一枚一枚窓を確かめていった。

飛び移ったところから数えて六枚目の窓が、錠がかかっておらず、横にずらすとスッと開いた。

「よかった、ここから入れるわ」

このバルコニーに面している窓から入れなかったら、校舎の角を曲がり、別の面のバルコニーへと、また飛び移らねばならないところだった。

掃き出し窓なので、よじ登る必要はない。サッシの敷居をまたいで忍び込めば、そこがすぐ教室の床である。しんとして、机ばかりが並び、黒板が闇に溶けている。

「僕、懐中電灯とか持ってこなかったの？」

「お母さんに内緒では持ち出せなかったから……」

「教室の電灯をつけたら、まずいわよね」

「わかんないけど……」

学校関係者に発見され咎められた場合、男の子はまだいいとしても、明子は言い訳の

しようがない。ここは仕方がない、闇に慣れるまで我慢するとしよう。

しかし、教室を横切るのさえひと仕事になりそうだ。何しろ、男の子は怯えきってし

まっていて、ずりずりと窓ガラスのほうへあとずさってゆく。

「ボク、ここどこだかわかる?」

「二年生の教室だと思う」

「ボクの教室はこの上にあるのね?」

「うん。三年二組」

「あたしに、ボクの机の場所、教えてくれない?」

「なんで?」

「お姉さんがひとりで行ってくるのよ。あんたはここにいなさい。そんなに怖がってち

ゃ、歩けやしないじゃない」

男の子はぴくんと飛び上がった。「ヤダよ! こんなとこにひとりでいられないよ!」

声が震えている。明子は男の子を振り返り、闇の中にぼうと白く見えるその顔に目を

据えて、言った。

「じゃ、しゃっきりしていっしょに来なさい。大丈夫よ、暗いから気味悪いだけ。なん

「でそんなに怖がるの？」

「手、つないでいい？」

明子は乱暴に、しっかりと男の子の手を握った。

「あんたがそんな臆病虫だから、いじめっ子にこんなことされるのよ」

「だけどさあ……」

「何もいやしないわよ」

ぐいぐいと教室を横切り、ドアをそっと開けて廊下へ出たところで、しかし、男の子は言った。

「いるんだよ、この学校」

「何が」

「——お化け」

明子の背中が、ぞわっとした。でも、顔では笑った。

「そんな話、どこにだってあるんだから。お姉さんの出た小学校にも、中学校にも、会社にだってあるんだぞ」

「ホント？」

「本当よ。そういうのはみんな作り話。階段はどっち？」

「あっち」

廊下の左手には教室が並び、右手には校庭を見おろす窓が続いている。ところどころに壁があり柱があり掲示板があり、まっすぐでわかりやすい造りだ。明子は廊下の真ん中を歩きたかったのだが、男の子が明子の手にしがみついたまま、窓のほうへ窓のほうへとにじり寄ってゆくので、ついつい引っ張られる。

たったか歩いて、階上にあがる階段に着いた。そこで明子は、またひやりとした。今までの廊下と違い、階段は暗い。踊り場に窓があるだけだからだ。

「ここ、のぼるんだ」と、男の子が言う。

「じゃ、行きましょう」

ぐいと歩き出した──というより、最初の一歩をステップにかけた次の瞬間、ほとんど駆け出していた。階段をのぼり出したら急に、背後から何かが追いかけてくるような気がしてきたのだ。踊り場に出て、階段が折れている、その曲がり角を曲がるときも怖かった。何かがそこで待ち伏せしてたら──

「お姉さん、待ってよ！」

男の子を引きずるようにして三階の廊下へと駆けあがった。そのまま、階段から離れたい一心で、何も考えず廊下を右に折れて何歩か走った。

「僕の教室、反対側だよ」

はあはあ言いながら、男の子が言った。体育の授業をちゃんと受けている子供が、こ

の程度のことで息があがるわけはない。怖いせいだろう。足を止めて、明子も呼吸を整えた。心臓がバカみたいにどきどきしている。

「ね、ちょっと、この階に理科室はある？」

「り、り、り——」

「あるかって訊いただけよ、怖がらないの」

「理科室は二階」

「じゃ、平気よ。行きましょ」明子は男の子を引っ張り寄せた。「学校のお化けはね、理科室にいるのよ。骸骨の標本とかさ」

「この学校のお化けはそういうのじゃないんだ」

まるで、お化けに聞き耳をたてられないように用心しているみたいに、男の子は声をひそめた。

「鏡のなかにいるんだよ」

嫌なことを嫌なタイミングで言うガキだ。明子たちが歩いて行く前方右手には、水飲み場があるのである。淡いピンク色の——たぶん、そうだろう——タイルでできた長方形の流しに、蛇口が六つくっついている。そしてその蛇口の上には、

「鏡があるじゃないの」

サイズといい配置といい、銭湯の洗い場についてる鏡とそっくり同じだ。明子たちが

歩いてゆくに従って、その姿を映しだすつもりだろう。いや、鏡にはそのつもりはなく

ても、映ってしまうものは映るのだ。

「ああいう鏡じゃないよ」と言いつつも、水飲み場が近づいてくると、男の子はますま

すぴったりと明子に身を寄せてきた。

「どういう鏡なのよ」

「この先を曲がるとね」男の子はひそひそ声を出す。「教室が四つ並んでて、その先に

また階段があるの。その階段の、三階と二階のあいだの踊り場の壁に鏡があるんだ」

「なんでそんなとこに？」

「卒業生の寄付だって。壁いっぱいの、大きなやつだよ」

「その鏡にお化けがいるの？」

明子としては、その鏡を寄付した卒業生の代に、卒業を目前に交通事故で死んだ生徒

がいて、その子の姿が映るのだ──というような話を期待していた。それだってあんま

り気持ちよくはないけれど、まあ、よく聞くタイプの話だから、笑い飛ばすことも易し

いというものだ。

ところが、男の子はふるふると首を振った。

「そうじゃないんだ……」

ちょうどそのとき、明子と男の子は、水飲み場の前にさしかかっていた。見るまいと、

見るまいと思いつつも目が動いてしまい、明子は横目で鏡を盗み見た。明子と男の子の顔が、陰気な白い風船みたいに上下に並んで、鏡のなかを横切って行く。

（ああ、ヤダ……）

一瞬、今この鏡のなかに、あたしひとりしか映ってなかったらどうしようと考えてしまったのだった。

と、男の子が言った。「ああよかった。お姉さんが映ってなかったらどうしようかと思った」

同じことを考えていた。

階段のときよりは露骨でないにしろ、ふたりは足を早めて水飲み場の前を通過した。

すぐに廊下を右に折れる。

「ボクの教室は――」

「二番目だよ」

窓から差し込む薄明かりのなかに、「三年二組」の表示が浮かんで見える。教室のドアは閉まっていた。

「さ、早く」

ドアを開けて男の子の背中を押すと、明子も急いで教室のなかにすべり込んだ。先生の机の上に細身の花瓶が載せられており、花がさしてある。近寄ってみるとカーネーシ

ョンだった。なぜかしら、ほっとした。

男の子は凄い勢いで、机の列のなかに飛び込んで行き、教室のちょうど中央あたりにある机の上蓋をあげた。そこが彼の席であるようだ。

「あった?」

「うん、あった」

そう言いながら、プリントみたいなものを取り出して、すぐに明子のそばに戻ってきた。

「変な場所に隠されてなくてよかったね」

「あいつら、僕が取りに来られないって思ってたんだ」

教室のなかは整然と片づけられていた。暗くて細部がわからないせいかもしれないけれど、明子が通った小学校と比べると、かなりモダンな感じがした。後部の黒板の下に、生徒用のロッカーが並んでいる。黒板の両脇には、上着やレインコートなどを掛けるためのものだろう、フックがそれぞれ十個ばかり作りつけてある。

「さ、帰ろ」

そう言って男の子と手をつないだとき、どこかで「ガタン!」という音がした。ふたりとも、最初は互いの顔を見なかった。やがてゆっくりと、首の骨がぎちぎち鳴りそうなほどに時間をかけて、

明子も男の子も、マネキン人形になったように静止した。

強ばった顔を見合わせた。

「今の、何?」と、男の子が訊いた。

「音よ」と、明子は答えた。「大したことじゃないわ」

それでもまだ、動けなかった。じっとして息をひそめて

今あの音を発したものが明子たちの気配をつかみそこね、

──だからといって蛇みたいなものだってわけじゃないけど──闇の中のねぐらに戻っ

て行くのじゃないかと思って。

「人がいなくたって、いろんな音はするものよ」

「どうして?」

「どうしても」

歯を見せて笑ったつもりだったけれど、今のこの顔を自分で見たら、失神するんじゃ

ないかしらと明子は思った。

「さ、行きましょ」

さっきまでは男の子が明子にしがみついていたのだけれど、今では若干、互いにしが

みつきあうという格好になっていた。明子が教室の後のドアから出ようとすると、男の

子が足を突っ張ってそれを止めた。

「そっちはダメだよ。さっき言った階段の踊り場の鏡に近いもん。前から出ようよ。ち

ょっとでも離れたほうがいいよ」

子供っぽい言い分だったが、明子も反対しなかった。ふたりは前へ移動した。くっつきあって歩いていて、身体が机にぶつかり、がたがたと音をたてた。明子の心臓が縮んだ。さっき怪しい物音をたてた「何か」に、今の音を聞きつけられたら——

廊下へ出ると、どちらからともなく走り出した。しっかり手を握りあい、追いかけっこをしてるみたいにして走った。そのまま脱兎のごとく階段を駆け下りて、二階の廊下でやっとひと息ついた。

「もうバルコニーからジャンプするのは嫌よ」と、明子は言った。なんだか声がぶるぶるしていた。「一階のどこかのドアを開けて出ましょう。それくらい、明日になって気づかれたって、どうってことないでしょ？　先生たち、昨夜閉め忘れたのかなと思うだけよ」

「そうだよね」

そういうわけで、そのままふたりで足早に階段を降りた。降りてしまってから、男の子が急にすくんだように立った。右手の奥の暗がりをのぞき込んで、

「嫌だな、給食室のそばに出ちゃうんだ、この階段を通ると」

「あら、給食をつくってくれる場所なら怖くないでしょう」

「だけどここ、すごく暗いんだ。ドアまで遠いし。この廊下を左にまっすぐ行って、突

き当たりなんだよ」

目をやると、暗い筒のような廊下が延々と先にのびている。なるほど、その突き当たりにドアがあるのか、小窓が開いて光が見える。左右にはドアが並んでいる。開いているドアもあり、閉まっているドアもある。廊下には、明かりはどこにもついていない。

「外から見たとき、明かりがついていた部屋はどっちのほうになるの?」

「突き当たりのドアのところを右に曲がったところ」

「じゃ、誰かいても、ここを歩いてるぶんには大丈夫ね?」

明子は歩き出した。ぴったりと寄り添って歩く男の子は、ときどき背後の暗い給食室を振り返った。昼間なら、給食室を訪れるのは楽しいことであるだろうに。

それでも、正面に見えている出口が近づいてくるに連れて、明子のなかに安堵感が広がってきた。気がゆるんで、男の子の手を握る手の力にも、余裕と優しさが出てきた。

「さっきのお化けの話だけどさ……」

「鏡の?」

「うん。どういうお化けなの? 誰の幽霊?」

男の子は明子にすり寄った。

「幽霊とかじゃないんだ。お化けなんだ」

「違いがあるの?」

「なんかね、白いシーツみたいなんだって」

「それが鏡のなかにいるの?」

「そう。で、夜中になると、鏡からひらひら出てきて、学校中を飛び回って、人を襲うんだって」

明子はちょっと笑った。「それじゃ、そんなに悪さはしないでしょ」

「そんなことないよ。襲って、その人を鏡のなかに連れてっちゃうんだ。でね、閉じ込めちゃうの。今まで五人くらい、そうやって連れて行かれて、行方のわからない生徒とか先生とかがいるんだって。雨の夜には、その人たちの泣き声が聞こえるんだって」

出してくれ、ここから出してくれよお──と、男の子は芝居がかった口調で言った。

笑い顔をつくりながらも、明子はぞわっとした。

「ふうん。それだと、ホントにお化けなんだね。幽霊じゃなくて、妖怪だわ」

「そうなの? わかんないけど」男の子は首をかしげた。「それでさ、そのお化け、飛び回るときも、人を襲うときも、声をたてて笑うんだって。ケケケ、ケケケケって──」

正面のドアまであと十メートルほど。両脇の教室が最後のひとつ。左側の教室のドアは閉まっており、右側の教室のドアは開いている。そして、開いているドアの内側に、ほとんど本能的に向けられていた明子の視線が、そのとき、その教室のなかで、何か白いものがふわりと動くのをとらえた。

見たのは自分だけだと思った。でも違っていた。男の子も出し抜けに足を止めたのだ。見合わせた目と目のなかに、たった今見たものが映っていた。

ケケケ、ケケケ……。

そんな声が実際に聞こえたのか、頭のなかに響いただけなのか、明子にもわからない。

ただ次の瞬間には、男の子に手を引っ張られ、自分も男の子の手を引っ張り、前後を忘れて走り出していた。

前へ、前へ、ドアへ、ドアへ。必死で走り、衝突するようにして、重い金属製の引き戸にとりついた。

「鍵は？　鍵はどう開けるの？」

「ここだよ、ここ！　早く早く！」

鍵が見つからない。手探りで——ああこれだ、クレセント錠だ。だけどラッチが引っかかって下がらない。

「お姉さん！」

明子は後を振り返らなかった。だって見えたらどうしよう。白いシーツみたいなものが、死んでも振り返りたくなかった。だって見えたらどうしよう。白いシーツみたいなものが、いやらしくケタケタ笑いながら、獲物を鏡のなかに引き込もうと、長い廊下をひらひらふわふわと飛んでくるのが。そんなものを目にしたら、正気の柱の最後の一本までがぽっきり折れてしまうじゃないか。

ラッチが動き、クレセント錠があがった。引きちぎるような勢いで引き戸を開け、明子と男の子は外へ飛び出した。そのまま走り続け、花壇の縁を飛び越し、あの鉄の門までまっしぐら、そして行きにはあれだけ苦労したにもかかわらず、ほんのひと息のあいだに、明子は門の上まで登っていた。

でも、さすがに男の子のほうが早かった。一足先に外の道路に飛び降りて、明子を見あげている。男の子の顔に、お化けを認めて恐怖する表情が浮かんだら、しかもその彼の視線が明子の後に据えられていたら、明子はその場で狂ってしまったかもしれない。靴を履いたまま道路に飛び降りた。今度こそ盛大にバランスを崩し、両膝と両手をついてしまった。それでも学校の外に出た。これでもう安心だ──

道路に這ったまま、明子は学校の鉄の門を見あげた。その内側にも、上にも下にもどこにも、白いシーツみたいなものなど見あたらない。何もない。夜が淀んでいるだけだ。だけど、お化けはみんなそんなもんじゃないのか？ とっても足が速くて、すばしこくて。今だって、すぐそこまで明子たちを追いかけてきていたのかもしれない。間一髪のところで明子たちが逃げ延びたので、お化けは諦めて、煙のように素早く、学校の暗闇のなかへと引き返していったんじゃないのか。

「あれ、見たよね、お姉さん」男の子が泣き声を出す。

「うん、見た」

「白いふわふわしたやつだったよね？　あれがお化けだよ。僕たち、見ちゃったんだ」

明子は立ち上がった。両膝がひりひりした。擦り剝けて、ストッキングにも大穴があいている。一足千円もしたブランドものなのに。

少しずつ、胸の動悸はおさまってゆく。大きく深呼吸をして、明子は男の子を振り返った。

「さ、行こう」

立川ハイツまでゆっくりと歩いてゆくうちに、パニックのような恐怖は、シャワーでシャンプーの泡を洗い流すときのようにあっさりと。不思議なくらいにあっさりと。大人に戻ったからだ。学校というところには、そこに足を踏み入れる人間を、ひとしなみに子供に戻してしまう魔力が宿っているらしい。そこから離れれば、また大人に戻ることができる。

団地の入口まで来たところで、明子は男の子に言った。

「怖かったね」

男の子は黙ってこっくりとした。

「でもボク、お化けといじめっ子と、どっちが怖い？」

男の子はちょっとひるんだ。首をすくめる。

「そんなの決められないよ」

「どっちも怖い？」

「そうだよ、当たり前じゃんか。お姉さんだって、もしかいじめられてたら、そうじゃ

ない？ お化けとどっちが怖いなんて、決められないだろ？」

そうよね……だけどお姉さんはさ、今夜ボクを見かけるその前まではさ、もう何も怖

いものなんかない、あたしは死ぬんだって、そう思ってたんだよ——

でも、お化けは怖かったよ、あたしも。バルコニーへジャンプするのも怖かったし。

明子は腰をかがめ、男の子と視線を合わせた。

「ねえボク、電話番号覚えるの、得意？」

「わりと……」

「そう。じゃ、覚えて」

明子はゆっくりと、自宅の電話番号を暗唱した。男の子は口の中でそれを呟き、ちょ

っと首をかしげたりしながらも、どうにか覚えた。

「おうちへ帰ったら、すぐにメモして、忘れないで。でね、ボクが、お母さんが出る。で、お

っ子たちのことを話す勇気が出たら、その電話番号にかけて。お姉さんが出る。で、お

母さんにお会いして、ボクの言ってることは本当ですって、ちゃんと証言してあげる」

男の子は目をぱちぱちさせて、明子を見つめた。さすがに眠いのだろう、まぶたが少

し下がっている。

「もうひとつ、今度また、いじめっ子たちに夜の学校へ行けなんてやられたら、そのときもそこへ電話をかけて。そしたらお姉さん、駆けつける。またいっしょに学校へ行ってあげる」

「お化け、怖くないの?」

「怖いよ。だけど、いっしょに行ってあげる」

明子はぽんと、男の子の両肩を叩いた。

「だから、安心して帰りなさい、ね?」

男の子は視線を下げて、頼りなさそうに瞬きを繰り返した。明子は彼の肩を押しやった。

男の子は、口の中で明子の電話番号を繰り返していた。そうして歩き出しながら、

「お姉さん、なんて名前?」

明子は微笑した。顔いっぱいにほほえんだ。

「たさか、あきこ」

その名を繰り返してから、男の子は言った。

「ボク、島田健太郎っていいます」

そうして、九号棟のほうへと歩いていった。それを見届けて、明子も家路についた。

ひとりになると、急に疲れが出てきた。眠気がさして、あくびが出た。最初はひとつ、続いてもうひとつ、大きなあくびをして、それから明子は、ふっと笑った。

——なんか、大冒険の夜になっちゃった。

怖かった……と、声に出して呟いてみた。あんなに怖いと思ったのは何年ぶりだろう。考えてみれば、大人になってからは、純粋な恐怖にかられる体験など、一度もなかったような気がする。

——ましてやお化けなんて、ね。

そう考えて、明子はまたひとりで微笑した。落ち着きを取り戻すに連れて、大人らしい現実的な分別が、少しずつ戻ってきた。

——それにしても、どんぴしゃりのタイミングで出てきたお化けだったなあ、あれ。冷静な、当たり前の常識を働かせれば、あの正体も見当がつきそうだ。おおかた、黒板の脇のフックに、誰かが給食のエプロンでも引っかけておいたのだろう。それがふわりと落ちたのだ。その程度のことだったろう。

だけど、あのときあの場では、あれは確かにお化けだった。そして本当に恐ろしかった。

死ぬほどに。死にそうなほどに。死のうと決めていた明子だったのに。

ゆっくりと、靴の踵を引きずるようにして、明子は歩いた。まだ暗い空の下、夜の始

まりに、あれもダメ、これもよくないと、死に場所の品定めをしながら仰ぎ見て歩いたビルやマンションの下を。

今、あれらのビルのどれかの屋上に登り、そこから飛び降りることができるだろうか。あるいは明日の夜、今夜と同じ決意を胸に、死に場所を探し求めて町をさまようことができるだろうか。

自問自答して考えてみても、よくわからない。心が曇りガラスみたいになってしまっていて、自分の正直な本音がどこにあるのか、見当がつかない。どうしてだろう。

唐突に、言葉が口からこぼれ出た。

「あたし、生きてる」

小さな呟きだったけれど、その言葉は、明子のくちびるから明子の耳に、確かに届いた。生きてる。今も生きてて、これからも生きてく——

明子は目を見開き、男の子と別れた方向を振り返り、静かな夜の街路を見つめた。

そう、生きていかなきゃ。だってさっき、あの子に約束したじゃないか。あの番号に電話をかけてくれたら、あたしが出る、と。だけど死んでしまったら、そんなことはできない。証言してあげる、と。

あんな約束を、なぜあたしはしたんだろう？

相手が子供だからって、いい加減なこと言っていいと思ってたわけじゃない。守るつ

もりだからこそ、ああして約束を口にしたのだ。

あのときには、明子は、今夜死ぬつもりでいたことなど、きれいさっぱり忘れていたのだ。これからも生きてゆくからこそできる約束を、だからしたのだ。

——あたし、生きてるんだ。

生きていたがっているんだ。

田坂明子として。井口信彦とは何の関わりもなく。

その言葉には、ある新しいエネルギーが宿っていた。声に出して呟くたびに、そのエネルギーは強くなった。歩く足取りに力が入ってきた。そうしてアパートの建物が見えるところまで戻ってきたとき、死に損なった夜に、初めて涙がにじんできた。

漏
れ
る
心

1

——郁美が何やら大きな声を出している。

まだ半分以上眠りのなかにはまりこんだまま、照井和子はちょっと枕から頭をあげ、目を細めてベッドサイドの目覚まし時計を見た。午前六時を過ぎたところ。大丈夫、まだ眠っていられる時間だ。だけど子供たちは騒いでいる——そう、あれは郁美の声だ。

おや？　一樹も起きてるらしい。珍しいこと、ふたりして日曜日に早起きなんて。

昨夜は布団に入ってからあれこれと考え事をしてしまい、なかなか寝つかれなかった。そのせいで頭が重い。不動産屋は九時に来ると言っていた。あと少し……いや、七時半ぐらいまでは寝ていてもいいだろう。掃除と片づけと、家のなかの見栄えをよくすることくらい、一時間もあれば楽勝でやってのけられるだろうから。

窓のカーテンの向こうが薄明るくなっているのをまぶたの隙間から確認すると、和子はまた枕に突っ伏した。お天気は大丈夫そうだわ、よかった——

ふたりの子供の騒ぐ声はまだ聞こえる。盛んにお母さんお母さんと呼んでいる。やがて足音がばたばたと近づいてきて、和子の寝室のドアをノックする音がした。

「お母さん、お母さん起きて」

言い終えないうちに、ドアを開けて郁美が駆け込んできた。和子は毛布を頭の上まで引っ張りあげた。

「もう少し寝かせてよ……」

「だけどお母さん、大変なの」

「パンなら買ってあるから朝ご飯つくって食べて」

「そんなことじゃないよ」

郁美の声はヘンなふうに裏返っていた。和子の眠い頭にも変だと感じられるほどに。毛布から顔を半分だけのぞかせて、彼女は娘の顔を見た。

とたんに、目が覚めてしまった。

四年ほど前、郁美が小学校二年生のとき、三つ年下の一樹がマンションの集会室へあがる階段から転がり落ちて、頭を五針も縫う怪我をしたことがあった。郁美はそのとき現場におり、少し離れた管理人室の前で管理人と立ち話をしていた和子のところに、息

せき切って報せに来た。そのときに、ちょうど今と同じような顔をしていたのだ。もの
すごく悪いことが起こったんだけどそれをどうすることもできなかったし、あたしが悪
いのかもしれなくて凄く怖いし、ごめんなさいと謝る前にするべき事があるとは思うけ
どどうしたらいいかわからないの——子供がこんな顔をするたびに、親の寿命は鎌で刈
り取られるように短くなる。

和子は跳ね起きた。「どうしたの？」

郁美は答えようとしてくちびるを動かし、吹き出してしまった。でも目は笑っていな
い。きょときょと動いているだけだ。

「なんでこんなことになるのかな？」と、首を振りながら郁美は言った。

「だから何なの？　どうしたっていうの」

ベッドから降りた和子につかまり、ひくひくと笑って郁美は言った。

「リビングに雨が降ってるよ」

「雨……」

「だから、床が水びたしなんだってば。一樹が見つけたの。トイレに入ったらトイレが
びちゃびちゃで……であの子、あたしを起こしてさ」

和子は寝室を走り出た。リビングルームの入口に、一樹がパジャマのズボンの裾をま
くりあげて裸足で立っていた。

「お母さん、これ何だろ？」と、和子を見あげた。

和子は唖然と口を開いた。

郁美の言葉に嘘はなかった。十二畳の広さのLDKの天井の一角から雨のように水が滴り落ちていた。見あげると、天井のその部分はぷっくりとふくれあがり、周囲の壁紙はにわか仕込みのアルバイト店員が包んだお歳暮の包みみたいにたるんでしわが寄っていた。

水滴は一列ではない。交代で三列ぐらい落ちてきている。

一列目の水滴は、リビングの東側の窓の縁をかすめるようにして落ちている。おかげで、深い青色のカーテンの上の角が、すっかり湿って黒っぽくなっていた。水滴の落下地点には敷物などがなく、フローリングの床の上にできた大きな水たまりの中央に、陽気そうな軽い音をたてて水が滴る。

二列目の水滴は、一列目のそれよりも五十センチほどリビングの中央に寄っていて、音もなく静かに落下し続けていた。なぜならば、そこには布張りのソファがあるからだ。おっかなびっくり近寄ってソファの肘に触れてみた郁美が、

「脱水する前の洗濯物みたい」

と言った。和子もソファの座部に触れてみた。ひとさし指で押すと、水がしみ出てきた。それでなくても大型の重いソファなのだが、平常のときの倍ぐらいの重量になって

しまっているようで、水滴の直撃を避けようと押したり引っぱったりしても、最初はなかなか動かなかった。

三列目の水滴はいちばん壁寄りのところにあった。和子が欲しくて欲しくてパートの給料を懸命に貯金して月賦で買ったイタリア製のサイドボードがある。水はそのサイドボードの天板を伝って床まで流れ落ち、敷物にしみこみ、しみこみ切れなかったぶんがリビングの反対側までつつと流れていって、昨夜郁美がそこで読んだまま放っておいた漫画雑誌にしみこんでいた。いや、部屋のなかのものの八割方がそうだった。家具も、道具も、敷物も、すべてが土左衛門と化していた。ここは七階なのに。まるで床上浸水にでもあったみたいだ。

雑誌は元の厚さの一・五倍くらいにまで膨らんでいた。

漏水だ。階上から。八階からだわ。

「金森さんに報せなくちゃ」

すぐ後に来ていた郁美が、驚きと混乱を和子に受け渡してにわかにしゃきっとしたのか、平静に戻った声で言った。

「オープン・ルームをとりやめにしてもらわなきゃ。こんなとこ見せたら、ますます売れなくなっちゃうよ」

そうなのだ。

照井家は本日、新築で購入五年目のこのマンション「パークハイツ城

南」南棟七階七〇三号室を売却するため、「居住中の室内を公開して見学者を

オープン・ルームを行なう予定なのである。金森というのは、売却の仲介を頼ん

不動産屋の担当者の名だ。

「オープン・ルームの場合、本当にマンションが欲しくて興味を持ってやってくる人た

ちより、冷やかしの連中のほうが数が多いと思います。でも、何もやらなけりゃ、いつ

までも買い手がつかないままですからね」

と、励ますように言っていた。和子もそれで納得した。実際、売却希望物件として不

動産屋の店頭に出してもらってから丸一ヵ月、チラシも刷ってもらい、『週刊住宅情報』

にもずっと載せてもらっているというのに、まだたったの一件しかああたりが来ず、しか

もその一件の購入希望者は、さんざん値切って交渉難航のあげく、もっと良い物件があ

ったとあっさり断ってきた。彼は昨日、近隣の道

高価いって？　だけど、できる範囲では何度も何度も値下げしてきたのだ。でも、住

宅ローンが残ってしまうような額で売るわけにはいかないから、絶対にいかないから、

自ずと下限は定まってしまう。そうして売れなくて売れなくて、よしひとつオープン・

ルームでもやってみましょうかというのが金森のアイデアだった。彼は昨日、近隣の道

路沿いのあちこちにオープン・ルームのポスターを貼りまくり、

「あとはお天気さえよければいいですね」

と言って帰っていったのだ。

「ああ、大変」和子は両手で頭を抱えた。

「あんたたち、ポスターをはがしてきて」

「だけどこの水……」

「水漏れのほうはお母さんが何とかするから。早く走って行ってポスターをはがしてきて。駅前までの道に沿って貼ってあるはずだから。あれを見て人が来たら大変よ！」

「合点！」とばかりに子供たちは飛び出していった。ひとりになると、和子は一樹がしていたのと同じようにパジャマの裾をめくり、三列の水滴が元気よく落ちているあたりまでそろそろと進んでいった。頭の上に水滴がかかるくらいの場所まで進み、天井をぐっと睨みつけた。

睨んでも、水は止まらなかった。しわの寄った壁紙は、つまんで引っ張ればそのままはがれてしまいそうなほどにだぶついていた。

「ひどいじゃない」と、和子は呟いた。「あたしたちに何の恨みがあるってのよ！」

水滴は威勢よく落ち続ける。和子は急いで洗面所へ行き、バケツと風呂の手桶と消火用の三角バケツまで持ち出してきて、水滴の下に配置した。それから、滑らないように気をつけて部屋を横切り、インタホンの受話器を上げ、その脇の壁にかけてある緊急連絡マニュアルを手に取った。

マニュアルにも水がとっぷりとしみて、ページがふやけていた。そこに記載されている電話番号も、にじんで読みにくい。もう、これじゃわからないじゃないの——と思いつつ何気なく目をこすったら、今度は番号がはっきり見えた。にじんでいたのはページではなく、和子の目のほうだった。

2

まずは、常駐の管理人が駆けつけてくれた。白井という五十代半ばの小柄な男性で、夫婦でこのマンションの東棟の一室に住まっている。駆けつけてきた彼の口の端には、歯磨き粉がくっついていた。

「ごめんなさいね、日曜日なのに」と、和子は謝った。

「いえいえ、とんでもない。とりあえず緊急センターに連絡しておきましたから、すぐに来ますよ」

白井は、なんだか感心したような顔で天井を見あげている。

「南棟じゃ初めてですよ。西棟では一度あったんですけどね」

水滴がにぎやかに落ちてきてうるさいので、彼は大きな声を出した。

「どこだろう……」

バケツに溜まった水を手ですくうと、鼻にくっつけて匂いをかいでみる。もう一度手

にすくい、じっと見つめる。

「きれいな水ですね。こりゃ、給水管だな」

和子も真似をして水をすくってみた。なるほど、思ったよりもずっと透き通っていて、

冷たい。

「上の人に報せなきゃ。うちはお付き合いがないんでわからないんだけど、この真上だ

から八〇三号ですよね？」

白井はさすがに手回しよく、南棟の青図・間取り図を持ってきていた。それを広げな

がら、

「それが、そうでもないんですよ。八〇三か、八〇四か、八〇五か」

和子は舌打ちした。そうか、階上が必ずしもここと同じ間取りとは限らないのだ。

このパークハイツ城南は、地上八階建て、東・西・南の三つの棟からなる総戸数三百

二十戸の大規模マンションなのだが、それだけでひとつの町を構成してしまうようなこ

の手の大型マンションにしては珍しく、ファミリータイプの3LDKや4LDKと、1

LDKや2DKの間取りの部屋とが混在している。もちろん、ファミリータイプの3

LDKや2DKの世帯が半数

が圧倒的に数は多いのだけれど、最上階の八階だけは、1LDKや2DKの世帯のほう

以上を占めるように造られているのだ。購入するときに聞いた話では、この種の永住型

マンションでは、最上階が案外嫌われる――まともに陽が照りつけて暑いからだ――ので、居住者の入れ替わりが多く、投資用として購入され賃貸に出される可能性のより高い小さな部屋を多くしたということだった。

照井家でも、最上階のひとつ下のこの七階でしかも南向きというのは、最高のポジションだと思っていた。上がファミリータイプの部屋でないのも、子供の足音などに悩まされる可能性が少なくていいと思ったし、事実そうだった。今までトラブルめいたものなどひとつもなかったし、心地よく他人との距離を保ったマンションの暮らしのおかげで、今もって、上や下の階の住人の顔さえ知らない。エレベーターで誰かと乗り合わせたら挨拶ぐらいはするけれど、その誰かが二軒先の家の主婦であったとしても、それとはわからないというくらいのものだ。

近所付き合いは面倒くさい、可能な限り避けようというのが、和子と夫の利之の方針だった。それでずっとうまく行ってきた。なのに、今になってこんなことになろうとは。

「こちらへうかがう前に電話をしてみたら、八〇三と八〇五の方はいらっしゃいました。これはどっちも社宅なんですよ。借り上げ社宅というやつですね。会社が家賃を出すというね。どっちにも、下が漏水で大変だからということだけはお知らせしてあります。ただ、八〇四はお留守みたいで……」

白井はちょっと顔をしかめて耳の後をぽりぽりかいた。

「確か、学生さんなんですよ。大学生」

「ひとり暮らし？」

「ええ、そのはずです。オーナーは親御さんでね、お住まいは……どこだったかな。緊急連絡簿には載ってるはずなんですけど」

親がマンションを買って、まだ学生の子供を住まわせているのか。なんとも豪勢なものである。

「贅沢な話ね」と、我が家の立場を振り返り、思わずきつい言い方になってしまった。

白井は同意するように笑った。

「羨ましい話ですよねえ。で、お母さんのほうは、息子さんの面倒を見に、ちょくちょくこちらへ来ているはずなんですよ。私も挨拶されたことがありますからね」

白井とふたりで家具や敷物の状態などを調べていると、管理会社の担当社員が配管業者を連れてやってきた。担当者は工藤という若いはきはきとした男性で、和子に名刺を差し出しながら、

「ご災難で、まことに申し訳ありません」と言った。「失礼して、写真を撮らせていただきます。保険の請求の関係で必要なものので」

小さなオートフォーカスのカメラでぱちぱちと天井や壁や床を撮影すると、忙しそうに白井を振り返った。

「じゃ、上を見に行きましょう。白井さん、お願いします」

白井が彼らといっしょに八階に行ってしまうと、和子は漏水と共にリビングに取り残された。そのときになってようやく、利之に報せなければと思った。

時計を見るとそろそろ八時になるところだ。もう起きているだろうか。それとも疲れて寝ているか。あるいは接待ゴルフだろうか。

照井利之は、大阪に本社のある光学機器メーカーのエンジニアである。三十八歳で、つい先月までは、東京本部企画開発部の次長というポストについていた。和子とは共通の知人を通して知り合い、結婚して十五年になる。

和子のほうは、結婚以前は、都内の小さな信用組合に勤めていた。だから、光学機器の会社のエンジニアが何をするものなのかまったく知らなかったし、利之は仕事を家に持ち込まない性格なので、未だに何もわからない。

何も手伝うことができない以上、会社のことには下手に興味をもって口出ししないほうがいいというのが、和子の主義だったし、それで万事うまく行ってきた。利之は仕事が趣味みたいな人で、およそ遊ぶことがない。中間管理職になってからは接待ゴルフに行くようになったけれど、酒にも弱いし、パチンコも麻雀も、少し手を出してはみたけれどまるっきりセンスがなくて損ばかりしたのでやめてしまった。そんな人だから、給料は全額きちんと家に入れてくれる。彼の乏しい小遣いの使いみちと言ったら、たまに

部下に奢ってやったり、技術系の定価の高い本を買うという程度だ。まあ、もう少し給料が高いといいなあとは思うけれど、それは利之の責任ではないし、それに、エンジニアの給料というのは、どこの分野でも企業でも、たいてい安いものであるらしい。

給料の足りないぶんは、子供も大きくなってきたことだし、和子が働けばいい——というわけで、去年の秋から近所のスーパーでパートタイムで検品の仕事をしている。平日朝十時から午後二時までの勤務だ。もともと和子は家にじっとしているのが性にあわないほうだから、働くことは苦にならなかった。

そんな次第で、和子としては、とりたてて不満など探しようのない毎日が、これまでずっと続いてきた。それがガラリと変わったのが、そう先月のことだ。

利之が、この九月の人事異動で俺も動くことになるぞと言ってきたとき、そして彼の顔がなんとなく強ばって見えたとき、和子はとっさに、何かまったく違う部署にでも配置転換されてしまったのかと思った。利之がやりたいと思う仕事ではなく、別のフィールドに。

だが、それを尋ねた和子に、彼は首を振ってこう答えた。

「そうじゃないんだ。言ってみりゃ、抜擢されたんだ」

「抜擢？　じゃ、昇進するの？」

「うん。新しいプロジェクトをひとつ、任されることになったんだ。任されるって言っ

たって、俺がやるのは技術面のことばっかりだけど、でも一応管理職なんだよ」

和子はぽんと両手を打った。「良かったじゃないの。おめでとう」

「それが良いことばっかりじゃないんだ」

利之は口の端を指先でほりほりかいた。言いにくいことを言うときの彼の癖である。

パソコンが欲しいなとか、一冊五万円の資料集が欲しいなと言う時に、よくこれをやる。

「何なのよ？」

「——転勤なんだ」

「てん……きん？」

利之はうなずいた。

「あなたの会社は、東京で採用した社員は東京から動かさない方針じゃなかったっけ？」

「そうなんだけど、今度は特別なんだ。新しいプロジェクトのために、新しい工場と研究所ができたから」

ぐっと顎を引いて、和子は訊いた。「で、どこへ行くことになるの？　大阪——じゃないよね？　あそこは本社だもの」

「うん」利之は、ちらっと窓のほうに視線を飛ばした。

「四国の松山市の郊外なんだけど」

和子はとっさに言葉が出なかった。

あまりにも知らない土地だ。和子も利之も関東の出身で、そこから動いたことがないのである。

「松山市って、『坊っちゃん』の」

「そうだよ。新しい研究所から道後温泉まで、車で三十分ぐらいだって」

「そうなの。いいところ……だろうね」

考え込んでしまった和子に、利之はぼそりと、でも明るく言った。

「あっちは、物価が安いよ」

問題は、東京のこのマンションだった。

最初の話を聞いた限りでは、その新しいプロジェクトが成功すれば、利之はまた東京に戻ることになるように感じられた。だから和子は、家族みんなで松山に行くことになるとしても、そのあいだこの家は貸しに出しておけばいいと提案した。利之も、それに賛成のようだった。

ところが、人事異動の内示から一週間もしないうちに、利之が帰宅して、この転勤は長いものになりそうだと言い出した。

「というより、実はね、大阪本社がそっくりそのまま松山に移る計画があるんだってい

うんだよ」

「だから？」

「だから、そうなると、俺なんかずっと四国にいることになる可能性が、凄く高いんだよ。もともと今度のプロジェクトは、大阪本社が中心の仕事だしな。俺はね、メインスタッフのひとりとして東京から引き抜かれたんだよ」

となると、東京に家を持ったままローンを払い続けて賃貸に出していたってバカみたいなものだ。それに、利之がずっと四国にいることになるとすれば、単身赴任という線もまったく考えられなくなる。和子は、家族はいっしょに暮らしてこそ家族だと思っている。当たり前のことだ。

「売るしかないかな……」

和子の呟きに、利之は黙ってうなずいた。

それからまもなく、プロジェクトはすでに始まっており利之の手が必要だと急かされて、彼だけ一足先に松山に行くことになった。まだ社員寮が完成していないので、研究所の近くに小さいアパートを借りてもらう、という。

「どっちみち、子供らは年度の変わり目に転校させたほうがいいんだから、いいじゃないか。俺なら大丈夫だよ」

そう、利之はひとり暮らしでも栄養失調になったりはしないだろう。几帳面だから。

でも和子は、マンションをどうするかという難問を、ひとりで解決しなければならなくなってしまった。

とにかく相談してみようと、不動産屋を訪ねてみた。そこで応対してくれたのが金森である。

丁寧な口調で、彼は不穏なことを言った。

「まず、今は賃貸マンションの動きが悪いですからね……。大変な借り手市場です。ご承知のとおり、この不景気ですからね」

「ファミリータイプでも？」

「貸す場合は、どれぐらいの家賃をお考えですか？」

和子はちょっと考え、金森の顔を見た。三十過ぎの男性なのに、子供みたいにすべした額をしている。不動産業界には、額にしわを刻んで考え込まなければならないような事が起こらないのだろうか。それとも、しわを刻むことはお客に任せているのか。

「築五年で、七十二平米あるの。3LDKですよ。南向き。ちょっと西に振れてるけど」

「はい」

「追い焚きのできるお風呂に、浴室で洗濯物を乾かすこともできるの」

「乾燥機能付きですね、はい」

「部屋はきれいに使ってるつもりです。うちでは主人もわたしも煙草を吸わないし」

「なるほど」

「駅まで歩くと二十分ぐらいかな。でも、バスなら五分。便数の多いバスですよ」

「地図で見ると、買い物も便利そうですね」

「そうなの」

和子はため息をついた。

「わかんないわ。相場はどれくらいでしょう」

「十四、十五万——かな。十七万と出る手もありますけどね。管理状態がいいから」

「悪くはない数字だ。月々の返済が十万五千円、ボーナス時三十八万円で——三十五年

返済だから——

「しかし問題は、これで借り手がつくかどうかということです」

「見込みない？」

「正直申しますと、出してみないことにはわかりません。というのは、今は空前のマン

ションブームですからね」

「買うほうの？」

「はい。金利が冗談みたいに安いですし、新築物件もどんどん出てきています。首都圏ではマンションがダブついていて、価格が下がってます。少しでも頭金のある人ならば、月々十七万払って借りて住むよりも、それ以下の支払いで新築物件を買うことのできる状況ですから」

和子は額にも鼻の頭にもしわを寄せた。

「だけど、それじゃ、売るほうも見込み薄じゃないの」

「それでも、賃貸よりはまだ目があると思いますよ。価格をかなり下げれば何とかなる。築浅ですからね」

「かなりって、どれぐらい？」

「購入したときはおいくらでしたか」

「——五千三百万円」

金森は軽くうなずき、メモに何か書いた。

「五年前というと、バブルの後期ですね。ちょっとまずいな……。ローンはいかほど」

和子は指を折って数え上げた。「公庫と、年金融資と、会社の融資制度を使ったのと、販売会社の提携ローンと、親からの借金と、とにかくめいっぱい利用して……」

「集めて？」

「今、あと四千万ぐらい残ってるか、な」

金森は黙ってうなずくだけだ。

「都心まで四十分ぐらいしかかからないし、永住型だから、その価値はあると思った
の」

「そうですね。当時ですと、お買い得だったと思いますよ。施工会社も大手だし、高級
マンションですからね」

和子はちょっと目を伏せた。悔しいような情けないような気持ちを、事務の女の子の
持ってきてくれたお茶といっしょに飲み込んだ。

四千万円以上も借金をして、分不相応な買物をしたのだ。そう、それはよくわかって
いる。でも、分譲中のこのマンションを見たとき、ひと目で気に入ってしまって、どう
してもと思ったのだ。何とかできると思った。一生懸命働いてローンを返していけば。

それだけの甲斐のある物件を手に入れるのでなければ、どうして頑張れるだろうとも思
った。

「俺たちには高級すぎるよ」と渋る利之を説き伏せたのも、和子だったのだ。

金森のすべすべの額に、初めて一本、しわが寄った。

「今、売りに出すとしたらですね──」

「ええ、いくらぐらい?」

「三千七百万ぐらいですかね……」

それじゃお話にならない。ローンが三百万も残ってしまう。

「四千二百万は？　それならどう？　うちとしては、それでプラスマイナス・ゼロといいう感じなんだけど。いろいろ経費だってかかるから」

「そうですね。それで出してみることもできますよ」

金森の額のしわが消えた。だからと言って明るい展望が見えたわけではない。どういう値を付けようと、最終的にはお客様の意志ですからねえと開き直ったのだ。少なくとも、和子にはそう感じられた。

「私どもも最善を尽くします。ただはっきり申しますと、いちばんいいのは、もう少し景気が回復して売り時が来るまでお持ちになっていることだと思います」

「そんなの無理よ」

松山ではとりあえず社宅に入る予定だが、それでも、毎月なんのあてもなくローンを払い続けていく余裕など、照井家にはない。子供たちだって、これからいろいろと金がかかる年頃なのだ。

「だいいち、売り時がくるかどうかなんて、保証もないでしょ？」

「それはおっしゃるとおりですね。わかりました。ご希望の売値で出してみましょうだけれども、買い手は一向に現われなかった。四千二百万を四千百五十万に、次に四

千百三十万に、そして今は四千百万まで下げているのに。

だからこその、オープン・ルームだった。

電話をすると、利之は起きていた。朝飯をつくっていたところだ、という。

「じゃ、食べちゃって。聞いたら食欲のなくなるような話よ」

「なんだよ」

「漏水なの」

事情を説明して聞かせると、利之は何か遠い声でぶつぶつ呟き、それから言った。

「水びたしなのか?」

「潮干狩りができそう」

「リビングだけ?」

「トイレと洗面所も。寝室や子供たちの部屋は大丈夫だったわ」

「配管の位置がな……」

またひとしきりぶつぶつ呟いて、

「バレないようにしないとなあ」

「もちろんよ」

「家を見に来るお客だけじゃないぞ。近所にもだよ」

和子は黙った。

「中古マンションを買おうっていう連中は、隣近所を観察するし、聞き込みもするから
な。売りに出してる最中に漏水があったなんて知られちまったら、それがうちの責任じ
ゃなくたって、買いたたかれる」

もう今だって買いたたかれてる、ご時世に。

「——わかってる。気をつけるわよ」

「頑張れよ」

和子はまた、泣けてきそうになった。

3

連絡を聞いた金森はびっくりして飛んでくると、リビングの惨状を見て、何度もため
息をついた。

「それにしても間が悪いですねえ」

「ポスターはうちの子がはがしました」

「そうですか……幟もつくってたんですが、まだ立てないでおいてよかったな」

内見の申し込みがあっても、しばらくは押さえておきますからと言い置いて彼が帰っ

たあと、昨日のうちにポスターを見たという家族が二組も来てしまい、和子は肝を冷やした。急に病人が出てしまって家の中をお見せできなくなったと言い訳したけれど、郁美に、「管理棟の脇に、横っ腹に『配管修理・漏水点検』って大きく書いたトラックが停まってるよ」と教えられて、げっそりしてしまった。気づかれたかもしれない。

午後になってやっと、漏水の原因とその場所がわかった。青図を片手に白井と工藤がやってきて、天井をさしながら説明してくれた。「八〇四号室でした。給水管の接合部にひびが入ってたんです」と、工藤は言った。

ほっそりとした色白の青年で、最近流行のタレントに似ている。女装すると似合いそうだ。郁美がリビングの端にいて、興味深そうに彼の顔を見ている。

「何か詰まったということじゃなくて？」

「ええ、違います。実はね——先週かな、マンション全体の配管の掃除があったでしょう？」

「ええ、ありましたよ」

半年に一度ずつ、業者が入って給水管・排水管のなかをきれいにする。そういう管理がちゃんとしているところも、和子はこのマンションのセールス・ポイントだと思っていた。

「掃除するってことは、要するに高圧力をかけてパイプの詰まりを取り除くってことな

んです。そうしますと、その拍子に、配管の痛んでた部分が——特に曲がってるところが多いんですけどね——その圧力に負けてしまって、ひびが入ったり割れたり隙間ができたりして漏水を起こすことがあるんですよ。時々ですけど。でも、それほど珍しいケースじゃありません」

「それじゃ、誰が悪いということでもないんですね」

「そうですね」うなずいてから、工藤はあわてて言い足した。「でも、漏水していたパイプは八〇四号室の専有部分でしたから、理屈としては八〇四号室の方の責任ということになるんです。壁紙や天井の張り替えにかかる費用や清掃代は、保険金で賄えますから、きちんと賠償していただけますよ。その点は、ご心配にならないでください」

「上の学生さんとは、とうとう連絡がつきませんでね」と、白井が言った。「親御さんに電話して、鍵を持ってきていただいたんです。そうでないと、私らはなかに入ることもできませんから」

「じゃ、おうちの方が今、お部屋に？」

「ええ。お母さんです。あとでご挨拶にうかがうとおっしゃってました」

パイプの破損そのものは小さく、修理はすぐにできた。だが、ずいぶん前からじわじわと漏れていたものであるらしく、八〇四号室の床下は、水たまりができている状態だったという。

「今までは、天井のボードが全部吸い込んで持ちこたえてたんでしょうね。それがとう耐えきれないくらいの量になったんで、上下の部屋の屋根裏と床下を貫通してる排水パイプのつなぎ目から下に漏れだしたったってわけです」

管理人の白井は帰り際に、確かここは売りに出されてるとおっしゃってましたよね、と、あたりをはばかる口調で訊いた。そうなんですと和子がうなずくと、

「なあに、すぐにきれいに元通りになりますよ」

と笑って言った。

パイプの修理が終わり、八〇四号室の床下に溜まった水のバキューム吸引がすべて済んだ時には、もう午後五時近くになっていた。漏水自体は三時ごろには止まっていたので、和子は子供たちを指揮して家のなかの大掃除をした。だから、工藤の言葉どおり、上の学生の母親が「ご挨拶に」やってきたときには、シャツの袖もズボンの裾もまくりあげ頭には汗止めのバンダナを巻き手には雑巾をぶら下げているという、たくましい格好をしていた。

「八〇四号室の浅井さんのお母様です」

工藤に紹介されて、中年の女性が頭をさげた。

「浅井でございます。このたびは本当に大変なご迷惑をおかけしまして。主人は仕事の都合で参れませんですが、よくお詫びしてくるようにと申しつかって参りました」

色使いの鮮やかさから見て、たぶんイタリアあたりからの輸入物だろう。襟元が粋な
カットのスーツをきちんと着て、小太りの身体にはちょっと辛そうな踵の高いパンプス
を履いた、上品な女性だった。小作りの顔の割に身体はぽっちゃりとしていて、そのア
ンバランスさに愛嬌がある。首筋や目尻のしわから察するに、四十五、六歳というとこ
ろだろうか。でも、手入れが行き届いているのか、びっくりするくらい肌がきれいだ。

子供のために、小さいとはいえマンションをひと部屋買って与えているくらい親──という
事前の情報があったから、和子は、この夫人の洒落た身なりにもそれほど驚かなかった
けれど、気は悪くした。こっちは髪振り乱して大掃除しているのだ。何もそこまでお洒
落しておでましになることはあるまい。

「でも、原因が見つかってよかったですね」と、和子は言った。「わからないままだっ
たら、そちらさまの床下だってもっとびちょびちょで」

「本当にそうでございます」と、浅井夫人は深くうなずいた。「でも、最初に工藤さん
からお電話をいただいたときは、うちの英司がまたうっかりしてお風呂の水でも溢れさ
せたんじゃないかと思いまして、冷や汗が出ました」

仲介役の工藤は、にこやかな顔をつくっている。

「英司さんは今、大学のサークルの合宿で清里に行っているそうなんです」
「そうなんです。もう三年生なんですけれども、勉強しないでそんなことばっかりして

「まして……」

「どんなサークルですか?」

「トレッキングとか言ってますけれど、わたしはよくわからないんですよ」と、浅井夫人は笑み崩れながら言う。

「山歩きですね、要するに」

そう言って、和子は、手にしていた雑巾を、すぐ足元にあったバケツのなかにぽんと落とした。後で、郁美と一樹が何か言いたそうに顔を見合わせている。

「バキュームをかけるんで、床に穴を空けたんでしょ?」と、和子は工藤に訊いた。

「お子さん、しばらくのあいだ大変ですね。穴を除けて暮らさなくちゃ。勉強にも差し障りが出ちゃうわ」

「どうせ勉強なんかしておりませんのよ」と、浅井夫人はニコニコする。

「訊いてみたら、僕の後輩だったんですよ」と、工藤が口をはさんだ。「早稲田の政経です。もっとも僕は、サークル活動ばっかりやっていたので、成績はパッとしなかったですが」

「あらあら」

浅井夫人と工藤は笑っている。

「あら、早稲田なら、うちの主人といっしょだわ」

そう言って、和子も声だけ唱和して笑った。

帰るときに、浅井夫人はまた深々とお辞儀をし、菓子折を差し出した。ビニールコートされた包み紙に、フランス語で——たぶん——店名だか品名だかが書いてある。

「つまらないものですけれども、ほんのおしるしでございます。お嬢ちゃまとお坊っちゃまに、どうぞ」

「僕のほうからは、保険のことですとか、まめにご連絡とらせていただきます。何かありましたら、いつでもお電話ください」

工藤はそう言って、浅井夫人をエスコートして出ていった。ドアが閉まると、和子は両手を腰にあて、「ふん」と鼻息をはいた。

「何のお菓子?」

一樹と郁美は包みを広げて見たがった。

「わあ、チョコレートだ」

「これ、代官山の有名なお店のだよ。テレビで見たことあるもの」

木箱のなかに、艶やかなチョコレートが整然と並んでいる。鼻を近づけてみると、洋酒の香りがした。

「お嬢ちゃまお坊っちゃまに——なんて言って、子供相手にアルコールの入ってるお菓子を持ってくるなんてね」

「でも美味しそう。寝る前になら、食べてもいいでしょ？　お酒っていっても、酔っぱらうほどは入ってないよ」

「本物のお嬢ちゃまはね、こんなものは食べませんよ」

郁美と一樹はケラケラ笑った。

「ヘンなの、お母さんたら」

「ねえ、さっきどうしてウソついたの？」

「ウソって？」

「うちのお父さんは早稲田大学なんか出てないじゃん」

和子はむしゃくしゃしてきた。もうこれ以上我慢できない。今にもベランダに飛び出して、大声でわめきだしてしまいそうだ。このクソ、バカ、アホウ、オタンコナス！　何なのよ、いったい！

ふざけんじゃないわよ、金持ちだからって何さ！

自分をぐっと押さえるために、目をつぶらなければならなかった。

「いいじゃないの、何言ったって」

そう言って、乱暴にバケツを持ちあげた。

風呂場に行くと、洗面台の鏡に自分の顔が映った。ほつれた髪と、埃だらけの顔。汗が流れた跡が、頬の上に筋になって残っている。

肘を持ちあげて、顔を拭ってみた。ちっともきれいにならない。また腹が立ってきた。

4

それから半月ほどのあいだに、工藤は何度もやってきたし、保険会社の調査員も来た。被害の程度を確認し、照井家がどの程度の修理を求めているか知るためだ、という。どういうことであれ、家のなかを早く元通りにするためならば何でもするつもりだけれど、人が来るというたびにパートを休まなければならなくなるのには参った。少しでも収入を増やすために、松山に移るギリギリまで、めいっぱい働きたいところなのだ。

もしも、どういう形であれ、ここのローンを残したまま引っ越ししなければならなくなった時のことを考えると、食べ物には味がなくなり、夢からは色が消え、風呂に入っていても薄ら寒くなる和子であった。

それに、腹立たしい気分も消えてくれない。

この漏水が、原因が過失によるものではなかったと言っても、こちらは立派な被害者なのだから、気分的には鷹揚に構え、保険会社からたくさんお金をもらえばいいだけのことだ。そう割り切っているつもりでもあった。でも、浅井夫人のあのおっとりした笑顔を思い出すと、そのたびにムカムカしてくる。礼儀正しい人だったし、工藤の話によ

ると浅井英司は一人息子だそうだから、あの程度の親バカはよくあることだと笑って許

してあげるべきなのに、なんだか無性に腹が立ってたまらない。

　幸い、示談も修理も保険会社との交渉も、窓口はすべて管理会社の工藤なので、和子

はもう浅井夫人と顔を合わせる必要はなかった。会えばもっとイライラするだろうこと

はわかっているから、それは大いに助かった。

　でも、その反面、八〇四号室で暮らしているのがいったいどんな倅なのか、顔を見て

みたい――とは思った。どんな風情の若者だろう？　甘やかされた優等生の坊っちゃん

タイプ？　さもなければ、頭の軽そうな遊び人？

　だが、同じマンションの上下の階にいるとは言っても、人の出入りなど、そう簡単に

わかるものではない。その気で見張ってなかったら、とても無理だ。和子はそれほど暇

ではない。

　そこで、たった一度だけだけれど、直接訪ねてみることにした。折よく利之の実家か

ら栗を送ってもらったので、お裾分けでどうぞという口実もできた。

　（実家の父が栗拾いに行ったとかで――どうぞ召しあがってください。　時々お母さまが

いらっしゃるんでしょう？　栗ご飯でも炊いてもらってくださいな）

　八〇四号室の表札には、「浅井英司」とフルネームが書かれていた。　和子は、妙に力

を込めてインタホンのボタンを押した。

ピンポン、ピンポン。

返事なし。

（またトレッキングとやらかしら）

勉強もしないで、学生のくせに。

ピンポン、ピンポン。

ベルの音が、廊下まで聞こえてくる。

いないらしい――と、踵を返しかけたとき、すぐ隣の八〇三号室から若い女性が出て

きた。ゆったりしたエプロンをかけているが、それでも隠しようがないくらいおなかが

ふくらんでいる。五ヵ月くらいかな、と和子は思った。

「浅井さんですか？」と、隣の女性は訊いた。

「はい。お留守みたいで」

「ええ、いらっしゃらないことが多いですよ」

「学生さんだそうですけどね」おなかに手をあてて、隣の女性はにっこり笑った。「でも、ホン

トに留守の多い方ですよ。お母さまには時々会いますけどね」

「遊んでるのかしら」

「毎週いらしてるとか？」

ちょっと首をかしげて「……そうですね、けっこう頻繁に見かけて挨拶されますから。

あと、このあいだみたいな配管の掃除とか、ガスコンロの点検とか、そうそう、壁面の洗浄のときとかも、お母さまがいらしてましたね」

その種の、専門の業者が入る大きな掃除や点検のときには、入居者は指定された日にきちんと在宅していなければならないのだ。なるほど、学業に忙しい息子はそんなことのために大学を休むわけにはいかないので、母親が代わりをするというわけか。

和子は隣の女性に微笑みかけた。「初めてのお子さん？」

女性も笑顔になった。「ええ、やっと授かって」

「五ヵ月くらいでしょ？　そこまでくれればもう大丈夫ですよ。ところで、栗はお好き？」

「——え？　ええ、好きですけど」

「じゃ、これをどうぞ」と、包みを差し出した。「遠慮しないでね。赤ちゃんにあげるんですから」

しきりと恐縮する相手に栗の包みを押しつけるようにして渡し、和子はエレベーターを降りた。そしてふと気づいた。ここに五年も住んでるけど、住人の誰かとものをやりとりしたなんて、これが初めてだったなぁ——

十一月の頭に、ようやくマンションの修理が終わった。和子はまた金森と相談して、

第一土曜と日曜日にオープン・ルームを実行した。二日あわせて六組の客が来たけれど、脈がありそうなのはひと組だけ。しかもそのひと組も、室内を見て回りながら、しきりと「高いなあ」を連発する夫婦ものだったから、期待できなかった。

子供の学校の関係があるから、松山への移転は、来年の春休み中に済ませなければならない。そのころには社宅もできあがっているだろうと、利之は言う。電話するたびに声が疲れているようで、やっぱり独りはしんどいと、愚痴をこぼすようにもなった。示談書売りに出している最中の漏水事故ということで、その後が気になるのだろう。示談書に署名捺印し保険金がおりたあとも、工藤はまめに照井家を訪れた。その後は変わりないですね？と確かめるだけで帰ってゆくのだが、郁美はどうやらこのスマートな青年にちょっと惹かれているらしく、彼が来ていると遊びにもいかずに家にいるのがおかしかった。

十一月の半ばに、やはり工藤が照井家を訪れているときだった。この日は、保険会社に提出する最終的な領収証にはんこが要るというので来ていたのだが、妙に色気づいた目つきの郁美がなんだかんだと話しかけるので、雑談ばかりすることになってしまった。何かの拍子に話が大学のことに及んだとき、工藤がふっと思い出したような顔をして、言った。「上の浅井さんの息子さん、早稲田の政経学部の学生だって話、しましたよね？」

「ええ、聞きましたよ」

「うちのお父さんも早稲田だもんね」と、郁美が抜け目なく言った。和子は横目で睨み、パッとウインクした。

「それがおかしいんですけどね……」工藤は首をひねっている。「僕のいる営業本部の本部長の息子さんが、やっぱり早稲田の政経学部なんですよ。三年だっていうから、浅井さんの息子さんと同じなんだけど」

浅井英司などという三年生は、政経学部にはいない、というのである。

「名簿があるから確かだっていうんですけどね。何かの聞き間違いかな」

和子は笑った。「ひょっとすると、親の知らないうちに大学を辞めちゃってたりして」

「それはどうかなあ……」

「だけど、しょっちゅう留守にしてるっていうのもヘンじゃない？　大学生って、そんなに家にいないもの？」

「だけど、部屋のなかはきれいになってましたよ」と、工藤は言った。「クロゼットのなかなんかも整然としてましてね。水周りもきれいで。なんか——」

工藤は言いよどんだ。和子と郁美は身を乗り出した。「なあに？」

工藤はきまり悪そうに笑った。「まあ、お母さんが丁寧に掃除してるからでしょうけどね。なんか生活感がなくて、しーんとしてたんですよ」

工藤が帰ったあと、コーヒーカップを集めて台所に運びながら、郁美が言った。

「そういえばさあ、お母さん、気づかなかった?」

「何を?」

「上の浅井さんのこと」

「息子さんの?」

「うん」

郁美はそっと天井を見あげた。張り直したばかりで、白く光っている。

「今まで、浅井さんが歩いてる足音とか、水を流してる音とか、聞いたことがなかったじゃない? あたしは一度もないよ。大学生って宵っ張りのはずなのにさ。夜でも、しーんとしてるんだよね」

和子も天井を見あげてみた。新しいクロス以外には、何も見えなかった。

それから数日後のことである。金森から電話がかかってきた。

「朗報ですよ」

和子は飛びあがりそうになった。「買い手が現われました?」

「現われましたよ。それも、こちらが最初に付けた値でいいそうです」

「四千二百万で?」

「ええ。相手が経済的にゆとりのありそうな口振りでしたのでね、最初にその値を見せまして、交渉次第では値下げもするというふうに持っていったんです。最初にその値段でいいと良物件だということはよくわかっているから、この値段でいいと」

和子はため息をつきそうになった。浅井家といい今度の買い手といい、お金というものは、あるところにはあるのだ。

「どういうご家族です？」

「うちにいらしたのは、中年のご夫婦ですよ。ご主人が物流関係の事業をしておられるそうで、貸しビルもいくつか持っているとか。今は川口市にお住まいなんですけどね、大学生の息子さんがパークハイツに住んでいて、心配だから同じところに移りたいんだというご希望なんです。浅井さんておっしゃいますが——あれ？　もしもし、照井さん、聞いてますか？　もしもし？　もしもーし」

「あたしは嫌よ」

遠い電話の向こうで、利之は苦笑している。

「おまえも変なところで意地を張るね」

「だってイヤなものはイヤなんだもん。鼻持ちならないのよ、あの奥さん」

「しょうがないじゃないか。金持ちはみんなそんなもんだよ」

　和子はぶうっと頬をふくらませた。

　自分でも、なぜこんなにイヤなのか、腹が立つのかわからない。なんの根拠もなしに、

願ってもない話を蹴とばそうとするなんて、愚の骨頂だ。

　だけど……我慢ならないのだ。

　一生懸命働いてるのに、何もずるいことも悪いこともしてないのに、ちょっと買うタ

イミングがまずくて、売るタイミングもまずくて、ローンをたくさん組んじゃって、そ

のためにこんなに苦労して、はいずり回って漏水の後片づけをして、買い手がつかない

夜をしくしく痛む胃を抱えて眠って。あたしたちはそうやって暮らしてるのに、

（お嬢ちゃまとお坊っちゃまに）

気取った声を出して澄ましちゃってるあんな人が、肉まんやあんまんでも買うみたい

な気楽さでこの家を買おうとしてる。

「まさか、おまえの一存で断ったわけじゃないだろうな？」

「そんなことはしてないわよ」

「よかった。実は俺、年内に一度東京に戻るんだよ」

「いつから？」

「来週末から。年明けまでそっちにいるよ。だからさ、取引の細かい具体的なことは俺

が引き受けるから、この話、まとめちまおうよ。な？」

理屈から言ったら、利之が正しい。彼はいつも理路整然としているのだから。

「だけどあたし、イヤだ」

「和子、いい加減にしろよ」

「……イヤだって思う気持ちをわかってよ」

「なんか子供みたいだなぁ。郁美のほうがよっぽど聞き分けがいいぞ」

笑いながら、利之はそう言った。和子は受話器を握ったまま、窓ガラスに映る自分の顔を見ていた。

働いている女の顔だった。日に四時間、パートで立ち仕事をする女の顔だった。自分の身のまわりや年齢を気にするよりも、子供の世話と日々の暮らしのほうを優先している女の顔だった。せざるを得ない女の顔だった。笑ってみても、もうみずみずしさはあまり残されていないように見えた。

売買の話はとんとん進み、引き渡しは来年三月末と決まった。今まで和子に任せっぱなしにしていたぶんを埋め合わせるかのように、利之はせっせと活動した。銀行と不動産屋のあいだを往復し、書類を揃え、預金通帳と睨めっこをした。

日が経つにつれて、和子のなかにあった浅井夫人に対する嫌悪感も、少しずつ薄らいでいった。もともと、顔を合わせて話をしたのはたったの一度だけ。長く尾を引く種類

の感情ではなかったんだと、自分でも思うようになった。他人の人生に焼き餅をやいて

もしょうがないじゃないの——と、苦笑するようにもなった。

それでも手続きの一切は利之に任せ、浅井夫妻とは会わないようにした。何より、そ

のほうが気分がいいと思ったからだ。それに、利之が東京での暮らしの始末をしてくれ

ているならば、和子は、松山での新しい暮らしの下準備をしなければならない。忙しい

日々が続いた。

引っ越しの日には、管理人の白井だけでなく、工藤も来て見送ってくれた。

「無事に済んで良かったです」と、工藤は胸をなでおろしたような顔をしていた。

松山で暮らして、一ヵ月ほど経ったころのことである。

親戚に不幸があり、葬儀に出席するために、和子はひとりで実家に帰ることになった。

二、三日泊まってきてもいいぞという寛大な利之のお言葉があったので、そのつもりで

出かけた。

通夜と葬儀のあと、白井を訪ねることにした。五年のあいだ、何かと世話になった管

理人なのに、引っ越しのときはちゃんと挨拶をすることもできなかった。松山名物と言

ってもまだよくわからなかったし、一般的なもののほうがいいと思ったので、土産物に

は讃岐うどんを買った。

白井は管理人室の奥で何か統計表のようなものを読んでいた。ひどく難しい表情をしていたが、和子の顔を見つけると笑顔になった。

「こりゃあ、奥さん」

「その節はお世話になりました」

管理人室にあげてもらい、インスタント・コーヒーをごちそうになりながら、四方山（よもやま）話を楽しんだ。そうしているうちに、白井がふとあたりを見回すような目をしてから、声をひそめて言った。

「照井さん、浅井さんを覚えてますか？」

和子は笑った。「今、七〇三号室に住んでるご夫婦でしょ？　息子さんが八〇四号に住んでたころから、そうだったんですよ。つまり、いもしない息子のためにマンショ

いて、うちは漏水でひどい目にあったの。忘れるわけありませんよ」

白井はさらに声を低くした。「その、息子さんのことなんですよ」

エントランス・ホールの郵便室に人が出入りしている。その人たちの目と耳を気にするかのように、白井は前屈（まえかが）みになった。

「息子さんなんて、いないんですよ」

和子はまばたきした。「え？」

「息子さんはいないんです。最初っからいなかったらしいんです。ご夫婦が川口のほう

ンを買って、家具や道具まで揃えて、あの奥さんはおままごとみたいな母親ごっこをしてたってわけで」

和子はあっと思った。工藤の言葉や郁美の疑問を思い出した。八〇三号室の若い主婦の言葉も思い出した。

（政経学部の三年にはそんな学生はいない）

（足音も、水音も聞いたことがないよ）

（配管掃除のときとかは、いつもお母さまが）

「なんちゅうか……気の毒な話で」と、白井は続けた。「こういうマンションですからねえ。皆さん、他人様の暮らしには首をつっこまないようにしてるから、離れてりゃ隠すこともできますよ。でも、同じところに住んでたらね、遅かれ早かれ、誰かがおかしいと思いますよ。さわさわ噂が立ち始めたんで、あたしも気になって、ご主人のほうにそうっと訊いてみたんですけどね」

家内はもうずっと、いもしない息子をいると思い続けて生きているのだ──と、浅井氏は言ったそうだ。

（哀れな気もしましてね。マンションを買ったり、そこを掃除したり、息子のために洋服を手入れしたり、そういうことで家内の心が安まるのなら、そのままにしておこうと思いまして）

ここへ引っ越すことも、浅井氏は反対したそうだ。周囲の人々に本当のことを気づか

れてしまうと思ったからだろう。現に今、そうなってしまっている。

（すると家内は、英司ひとりにしておくと、またあの漏水みたいなことがあったときに

困る、わたしたちがそばにいてやったほうがいいと言い張るんです。それで私も――折

れましてね）

何分よろしくお願いいたしますと、深く頭を下げられた、という。

「英司っていう息子さんは、最初からいなかったのかしら。それとも……途中で亡くさ

れたのかしら」

「さあ、どうですかね。詳しいことは、私も聞けませんでしたよ」

パークハイツを出て駅へ向かっているとき、道の反対側を、駅からマンションのほう

へ向かって、浅井夫人が歩いているのを見つけた。和子は反射的に、近くのポストの陰

に身を隠した。どきどきした。

夫人は横断歩道を渡り、こちら側にやってくる。人通りが多いので、和子に気づいた

様子はなかった。明るいプリント柄のブラウスに白いスラックス、肩から柔らかそうな

黒いなめし革のバッグを提げている。

夫人がこちら側の歩道についたとき、ほんの一メートルくらいの距離を隔てて、和子

は彼女の顔を見た。あいかわらずつやつやとして、肌もきれいだった。

しかし、今、和子の目を惹いたのは、夫人の目だった。澄んできれいな目をしていた。瞳は黒く、しっかりと焦点があっていた。第三者には見ることのできない何かに対して。透き通ったまなざしだ。あの目、何かに似てる——と思った。どこかで見た覚えがある。

夫人の口元はかすかにほほえんでいた。家に帰って行く女。夫と息子の待つ家に。

立ち止まったまま、和子は夫人の後姿を見送った。あの透明なまなざしが、何に似ているかということに。

しばらくそうしていて、やっと思いあたった。あの透明なまなざしが、何に似ている

そう。水だ。あのとき天井から漏ってきた水だ。手に冷たく、とてもきれいで、指の間（あいだ）から漏れていった。壁を伝い、床に広がり、心を冷やしたあの水。

——このたびは、うちの英司が。

浅井夫人が、静かな八〇四号室のなか、誰もいない部屋で、クロゼットを開け、なかからジャケットを取り出し、きれいにブラシをかけている様子が、目に見えるような気がした。そのかがんだ背中、手の動きまでも。

あの日、天井から漏れ出る水を受けた手のひらが、まだ冷たい。その冷たさを包むように、和子はそっと両手を握りしめた。

解　説――失ってはならない思い

西上心太

　絶対にご本人は「私なんぞがおこがましい」なんていって、うなずかないだろうけれど、今や宮部みゆきは、吉川英治、松本清張、司馬遼太郎の衣鉢を継ぐ「国民作家」であるといっても過言ではない。

　三氏は歴史小説や社会派推理小説で、わが国の読者の心をつかんだ存在であったが、なんとなくおじさん臭い読者が多かったのでは、という気がしないでもない。ところが平成の語り部・宮部みゆき――うん、「カタリベ　ミヤベ」ってうまい具合に韻を踏んでいるじゃないか――の読者層は男性のみならず女性にも広がっている。いやむしろ女性からの圧倒的支持を受けていると言ったほうが正確であろう。男性にも女性にも区別なく広く受け入れられたという点では、先輩三人を上まわるのでなかろうか。

　私の周囲を見回してもそうであるが、いったいに本をいっぱい買い込むマニア的な読者は、圧倒的に男性が多い。だが本が売れなくなったと盛んに言われる現在、女性読者とふだんあまり本を読まない読者をつかまえない限り、ベストセラーは生まれない。宮

短篇集である。

部みゆきの本がこの点をクリアしていることは誰もが承知であろう。さらに宮部みゆきの作品は、口うるさいミステリーマニア連中も兜を脱ぐ高い水準を保っている。まさに鬼に金棒、みゆきにカラオケである。デビュー以来、節目節目で常に代表作になるような長篇を発表して、話題と共に各文学賞をさらっていったことを見ても明らかであろう。

ざっと振り返っても、第二回日本推理サスペンス大賞受賞作『龍は眠る』、第十三回吉川英治文学新人賞の『本所深川ふしぎ草紙』、第六回山本周五郎賞の『火車』、第十八回日本SF大賞の『蒲生邸事件』、第百二十回直木賞の『理由』という具合だ。

これを見てもわかるように、ほぼすべてのエンターテインメント系の文学賞を掌中に収めてしまったのである。また大長篇が多いスティーヴン・キングにオマージュの念を捧げた作品を上梓するなど、宮部みゆきは長篇型の作家という認識が強いかもしれない。しかし天は二物を与えたか、宮部みゆきは第二十六回オール讀物推理小説新人賞を『我らが隣人の犯罪』で受賞してデビューしたように、短篇の分野でも優れた作品を多く残しているのである。

本書『人質カノン』は九三年から九五年にかけて小説誌に掲載された七篇を収録した

「人質カノン」

深夜の帰り道に寄ったコンビニでピストル強盗に遭遇してしまったＯＬの遠山逸子(とおやまいつこ)。左遷された中年サラリーマン、夜食を買いに来ていた中学生らと共に人質になってしまう。もし殺されでもしたらさぞ故郷の両親は悲しむだろうが〈「親」しか関わってくれない人生なんて、オプショナル・ツアーのないパック旅行みたい〉という逸子の述懐のフレーズはまさに宮部節。やがて意外な真犯人が明らかになるが、町の中で匿名性が望まれる場所という、コンビニならではの特異な犯行計画が浮き彫りになる。

「十年計画」

「人から聞いた話である」という前置きの後に「わたし」が披露するのは、自分を裏切った男を交通事故に見せかけ殺すため、運転免許を取得したという中年女性との会話である。怪談ではないけれどロウソクの灯の下で聞く百物語のような味わいのある掌篇だ。最後に明らかになる、二人の会話が交わされたシチュエーションの意外さに、読者は思わずニヤリとすることだろう。

「過去のない手帳」

五月病で大学に足を向けられない青年が、電車の中で手帳を拾った。手帳はまっさらだったが、アドレス帳にたった一人だけ女性の名前と住所が書かれていた。ところがその女性の名を青年は新聞で発見する。女性の住むマンションで放火事件があり、彼女の所在がつかめないというのだ。青年は女性の失踪に興味を持つが……。「失踪」した女性とモラトリアム青年の姿が二重写しになる異色青春ミステリーだ。

「八月の雪」

いじめグループから逃げる途中、交通事故に遭い片足を失った少年、充が主人公だ。いじめグループは罪を問われず、被害者側のみがわりを食う。充はそんな世の不公平さを呪い、ひきこもりになってしまう。そんなおり入院中の祖父が死に、遺品の中から古い遺書めいた書きつけが発見される。やがて充は祖父の友人から、彼らが経験したある歴史的事件のことを知り、生きていくことの価値と意味を取り戻していく。世の矛盾と不公平さに直面し、それを乗り越えていく少年を描いた作品である。

「過ぎたこと」

ある探偵事務所の中年調査員は電車の中で思わぬ顔を発見した。彼は学校の外でひどい成長していたが、五年前事務所にやってきた中学生に違いなかった。すっかり青年に

いじめにあっており、ボディガードの依頼に来たのだった。「私」は親身になってアドバイスをしたが、少年が残していった名前や住所は架空のものだった。「私」は気も狂わんばかりに少年の身を心配するが……。少年はいじめを乗り越えたのか、「私」のアドバイスは役に立ったのか？　一瞬の邂逅シーンから、少年が過ごした五年間に思いを馳せてしまう重い味わいの一篇だ。

「生者の特権」

恋人に裏切られ、飛び降り自殺をするビルを捜して、深夜の街をさまようOLの田坂明子。そんな彼女が小学校に忍び込もうとする少年と出会った。少年はいじめっ子に隠された宿題のプリントを取りにいこうとしていたのだ。明子と少年は幽霊が出そうな学校に忍び込む……。「失恋やいじめに立ち向かえ」という正論に対し、わかっていてもそれが「できない」立場の二人が、深夜の冒険をきっかけに新たな「エネルギー」を得るという、弱者へのエールにあふれた作品である。

「漏れる心」

ある朝、照井和子のマンションのリビングルームが水びたしになっていた。上階に住む大学生の部屋の給水管が壊れたのが原因だった。夫の転勤のため、売り払おうとした

矢先だったのに。やがて修理も済み、部屋の買手も見つかった。なんと買手は上階の大学生の一家だった。かつて謝罪に現われた母親に反感を持つ和子は驚くが、その一家には思わぬ秘密が隠されていた。部屋に滴り落ちる水が象徴する、心の闇を切り取った一篇だ。

　二十一世紀最初の年である本年は、宮部みゆきの年だったと記憶されるに違いない。おそらく年間を通じてもっとも厚く（三千五百枚！）、もっとも評価が高く、そしてもっとも売れた作品——『模倣犯』が発表された年として。

　己の快楽のため、なんの落ち度もない女性を拉致し、虫の羽を毟るように残虐な方法でなぶり殺し、切断した死体の一部をわざと発見されるように廃棄する連続殺人犯。なすすべもなく、自分の孫や子をさらわれてしまったという罪の意識に苛まれる被害者の家族、その傷を負った神経にさらに塩をすりこむような犯人の行動……。この作品にはマスコミや被害者の家族までをも巻きこむ劇場型犯罪を目論む若い快楽殺人犯が登場する。第一部ではいわれない暴力に巻きこまれてしまった被害者の家族から、第二部では快楽殺人を繰り返す犯人側からというように、正反対の視点のその後の、意外性に満ちた展開がさらに第三部ではいったん解決したと思われる事件の、意外性に満ちた展開が用意されている。そして小説全体を通し、被害者の家族に向ける興味本位な視線や、正

義面して加害者の家族を糾弾する「世間」――換言すれば悲惨な事件でさえも「消費」していく現代の社会システムを浮き彫りにしていくのだ。

『模倣犯』に限らず、このような理由なき犯罪をテーマにした作品が多く見られるようになった原因は、日本の社会全体のモラルが低下したことと、心の壊れた人間が増加したことにある。一九九〇年代を「失われた十年」と呼ぶそうだが、土地神話の崩壊に端を発した日本経済の没落と歩調をあわせるように、モラルの低下と人間性の喪失という問題が噴き出したことは決して偶然ではあるまい。

よく知られているように、宮部みゆきは東京の下町に生まれた。江戸時代まで遡ることができる、決して豊かではないが額に汗して働く真っ当な人たちが住み着く古い町である。

地域の結びつきが強く、誰もが隣近所の人間のことを知っているような町。地方の集落ほどの息苦しさは無く、干渉と不干渉のバランスが絶妙に取れている町。このような町はかつては東京のいたるところに存在した。ところが古い町並みが壊され、個人主義と利己主義をはき違えた人々が増えてきた。そしてバブルの時代に、加速度的に地域社会の崩壊が進んでいった。先に述べたようにモラルが低下し、心の壊れた人間（特に若者）が増加したことの大きな原因の一つにこの地域社会の崩壊がある。

おそらく宮部みゆきは今なお旧習が残る町に住んでいるだけに、本能的にこれらのこ

文春文庫

©Miyuki Miyabe 2001

ひと じち
人質カノン

定価はカバーに
表示してあります

2001年 9 月10日　第 1 刷
2007年 4 月 5 日　第15刷

著　者　　宮部みゆき
　　　　　みや　べ

発行者　　庄野音比古

発行所　　株式会社 文藝春秋

東京都千代田区紀尾井町 3-23　〒102-8008
ＴＥＬ 03・3265・1211
文藝春秋ホームページ　http://www.bunshun.co.jp
文春ウェブ文庫　http://www.bunshunplaza.com

落丁、乱丁本は、お手数ですが小社製作部宛お送り下さい。送料小社負担でお取替致します。

印刷・凸版印刷　製本・加藤製本

Printed in Japan
ISBN4-16-754904-2

初出掲載誌

人質カノン　　　　　「オール讀物」一九九五年一月号

十年計画　　　　　　「小説新潮」一九九三年九月号

過去のない手帳　　　「オール讀物」一九九五年五月号

八月の雪　　　　　　「オール讀物」一九九三年八月号

過ぎたこと　　　　　「小説新潮」一九九四年七月号

生者の特権　　　　　「オール讀物」一九九五年七月号

漏れる心　　　　　　「オール讀物」一九九五年十一月号

単行本　一九九六年　文藝春秋刊

とがわかっているのではなかろうか。宮部作品に、印象的な老人や子供が登場することが多いのも、老人と子供は地域社会の結びつきを象徴する存在であり、「しきたり」の伝承者と継承者であるからではないだろうか。

　さて本書に収録された七篇のうち、「いじめ」が底にある作品が三篇もある。これらの作品が書かれる少し前の九二年には、登校拒否児童が過去最高を記録したとある（下川耿史編『昭和・平成家庭史年表』。陰湿な「いじめ」、客が誰であるかわからないコンビニの匿名性が遠因となる悲劇、死して後の祖父と孫の交流など、地域社会のふれあいの有無が遠因となる事件が多く取り上げられている点に注目したい。そしてそれが、もっとも弱い者の視点、地を這う者の視点を通して描かれる。そこから窺えるのは先述したように、宮部みゆきに刷り込まれた、失ってはならない「社会」への思いである。

　その思いは、乾ききった土地に沁み込んでいく慈雨のように、読者の心をとらえていくに違いない。宮部作品が、幅広い階層の読者に共感を呼び、受け入れられる秘密はそこにある。

　大作に挟まれて地味な印象を受けるが、それぞれに重いテーマを含んだ好短篇集を楽しんでいただきたい。

　　　　　　　　　　　　　　　　　　　　　　　　　　　　　（文芸評論家）